俳句日記 2017

自由切符

西村和子

jiyuukippu
Nishimura Kazuko

ふらんす堂

一月

一月一日（日）　【季語＝初昔】

元旦は白味噌で丸餅、二日はおすましで角餅。これが我が家の雑煮。おせち料理の中でも息子たちが心待ちにしているのが鴨ロース。火加減と時間が難しい。今年の出来はいかに。次男も今年は不惑を迎えるという。

あらためて子らの齢《よはひ》や初昔

【季語＝初電車】

一月二日（月）

夕方五時五分からＮＨＫラジオ「新春おめでた文芸」生放送のため、渋谷の放送センターへ。いつもの電車に乗るのだが、プラットホームのいちばん後ろまでゆくと、富士山が見える。

富士望む駅にて待たむ初電車

一月三日（火）

米寿と卒寿の間の八十九歳を、双方の字を並べて「粋寿《すい》」と言うのだとか。仲間の大黒華心さんの粋寿の宴で熱海まで。

初旅や沖の小島の波著く

【季語＝初旅】

一月四日（水）　【季語＝読初】

『今昔物語』には、小説家ならこれを元に短編を書きたい話が満載。本朝世俗部はことさら。つい夜更しとなる。

読初の今は昔のものがたり

一月五日（木）

【季語＝初句会】

銀座二丁目の京橋プラザの一室で夜の「ボンボヤージュ」、初心者の句会。八十代から大学生まで、句会の後の飲み会は、さながら異業種交流会。

初句会仕事帰りの面々と

一月六日（金）

【季語＝稿はじめ】

モンブランの万年筆にインクを吸い込んでから、ものを書く。インク壜のかたちも気に入っている。その名はミステリー・ブラック。霊妙神秘な力がもらえますように。

インク銘神秘漆黒稿はじめ

一月七日（土）

【季語＝初仕事】

いまだにペン胼胝が消えない指。丁寧な選句ができるよう、マニキュアを塗ることも仕事をはじめる時の儀式。句作も選句も添削も、手仕事だ。

ペン胼胝にあてて朱筆や初仕事

一月八日（日）

窓の前の松の木は、ここが多摩川の河川敷であったころから風に吹かれていたのだろう。寒中の青空に聳える雄姿は、百年後も変わりないだろう。

【季語＝寒晴】

寒晴や松の万葉つまびらか

一月九日（月）

次男がアメリカ、カリフォルニアへ。企業派遣の研修生としてシリコンバレーで三か月の単身赴任。

汝が目指す地平はいかに寒茜

【季語＝寒茜】

一月十日（火）

月並の願ひを恥ぢず初詣

【季語＝初詣】

欅句会の初句会は、会場近くの溝の口神社吟行。数年来吟行がてらの初詣ということが続いている。

一月十一日（水）

【季語＝寒の水】

虚と実と、あそびと仕事と、正反対のようで実は限りなく近い。そう思えるようになったのは最近のこと。

虚にあそぶ実養はむ寒の水

一月十二日（木）

【季語＝寒灸】

人体には十四の経絡と三百六十一の経穴があるとか。鍼灸院を出た後は、身体が軽くなる。並木の枯枝が経絡に見えてくる。

胛《かいがね》は翼の遺骨寒灸

一月十三日（金）　【季語＝寒紅】

俳人協会新年会で、新鋭評論賞の準賞を「知音」の松枝真理子さんが受賞。仲間の受賞は自分の時より何倍も嬉しい。

寒紅は濃きこそ佳けれ言祝がむ

一月十四日（土）

【季語＝寒鴉】

からすの寿命はどのくらいなのだろう。数年前「オッカサーン」としきりに鳴いていたのがいたが、最近また同じ鳴き声を聞く。同じからすか、その子が口移しに覚えたか？

一の枝踏んまへにけり寒鴉

一月十五日（日）　【季語＝新年会】

「知音」の新年会も今年で二十一回目。全国から百八名が集って句会ののちパーティー。この一年に亡くなった人々への黙禱から始まる。ひとりひとりの面輪が甦る。

亡き人の名を呼びてより新年会

一月十六日（月）　【季語＝膝毛布】

春摘みダージリン、アイスティーはアールグレイ、秋の夜長はマルコポーロ。紅茶にも私なりの季節感がある。こんな寒い夜はラプサンスーチョン。正山小種と書くそうだ。松葉で燻した強い香りに、冬の深まりを確かめる。

膝毛布燻香さらに夜の紅茶

一月十七日（火）

【季語＝水仙】

恵比寿の読売文化センターで、「季語で読む古典」講座。今年は日記文学を読む。詩や歌は「唐土《もろこし》もここも、おもふことにたへぬ時のわざ」と貫之は言う。女性の筆に仮託してこの日記を綴ったのは、任地で亡くした幼女への思いに耐えられなかったからではないか。

水仙や背表紙古りし土佐日記

一月十八日（水）

【季語＝冬の星】

N響の定期演奏会を聴きにサントリーホールへ。日常から脱け出して音楽に包まれる時間は貴い。

指揮者待つ冬の星々位置につき

一月十九日（木）　　　　　　　　　　　　【季語＝手袋】

雨の夜に失くした手袋の左手。数年前アメ横を吟行した時千円で買ったものなので惜しくはないのだが、ようやく手に馴染んだ黒革の、右手が淋し気。よもやと尋ねたコンビニのお兄さんが、店の奥から取り出してきてくれた。こうして愛着が増してゆく。ものにも店にも人にも。

戻りたる手袋夜気を孕みをり

一月二十日（金）

下弦の月、二十三夜。そうだ、包丁を研ごう。

大寒やこれより尖る月の剣

【季語＝大寒】

一月二十一日（土）

孫たちの保育園の発表会に招かれて。父の留守を守る兄弟はけなげ。その母も。両手に男の子二人をひき連れている彼女は、そのまま遠い日の我が身を見るようだ。今夜はうちに呼んであたたかいシチューを作ろう。

【季語＝春隣】

子供らの声湧くところ春隣

一月二十二日（日）

【季語＝隙間風】

ＮＨＫホールで全国俳句大会。今年の題は「風」。選者の一人として唱和。この頃夜は仕事をしないよう心がけているが、夜ふけまで締切に追われる日もある。父と師と夫の遺影が机上で見守っていてくれるが、深夜、心の内の隙間風を覚えることがある。

隙間風遺影の父が寝よと言ふ

一月二十三日（月）　【季語＝水洟】

母はいつもエプロンのポケットに皺くちゃのティッシュをつっこんでいた。その都度捨てればいいものを、と思っていたが、このごろ納得。駅まで歩くだけで、ほんの少し鼻水が滲む。わずかの温度差が身にこたえる。どのコートのポケットにもハンカチをしのばせることになった。汗を拭くためではない。

水洟やあの頃妣《はは》はわが齢

一月二十四日（火）

【季語＝冬芽】

毎月鎌倉を吟行する「窓の会」。長男が小学生、次男が幼稚園に入った年、午前中自宅での句会を数人で始めた。今できることを、今できる形でやってみたかった。あれから三十五年、今は五十人の吟行会。今月は鶴岡八幡宮。

残骸に冬芽のしかと大銀杏

一月二十五日（水）　【季語＝冬館】

銀座のビルの最上階に、日本最初の社交クラブの一室が煖炉と共に温存されている。その部屋で句会と晩餐。句会終了の合図を待ってボーイが入室して、ナイフ・フォークを並べる。なにやら秘密会議めく。

剥製の聞き耳立つる冬館

一月二十六日（木）

【季語＝葛湯】

真冬の夜のたのしみ。作り置きした豚汁《とんじる》を、あたため直し、ふうふう吹いて食べる時。葛湯を溶いて掻き回しつつ熱湯を注ぎ、ふっと透きとおった時。蒸気をふんだんに立てて、溜まっていたアイロンがけをする時。ふとん乾燥機でふっくら温もったふとんに冷えきった足を入れる時。雨の日はことさら。

透きとほる時が葛湯の熟すとき

一月二十七日（金）　【季語＝日脚伸ぶ】

日脚が伸びたことを最も実感するのは、句会が終わった時。先月は五時といえば既に暗かったのに、今月はまだ空がほのかに明るい。夕餉の仕度を急ぐ主婦たちにも、心のゆとりが感じられる。時計の時間に変わりはないのに。不思議な季節の感情。

日脚伸ぶ句会ののちの立ち話

一月二十八日（土）　【季語＝初景色】

旧暦正月朔。ついたちは「つきたち」であることを、月の暦が思い出させてくれる。今日の同人句会の題は旧暦に合わせて「初景色」。俳人協会評論賞選考会と重なり、欠席投句。

多摩川の此処にやすらふ初景色

【季語＝寒卵】

一月二十九日（日）

「たまごギフトはがき」を毎年贈ってくれる仲間がいる。住所氏名を記入して投函すると、一週間以内に産みたて卵が届く。早速「紅孔雀」という名の三十個が届いた。何よりの寒見舞。

旭日と黄身盛り上り寒卵

一月三十日（月）

【季語＝玉子酒】

夫の陶芸は趣味というより道楽の域に達していた。個展の夢を果たせずに逝ってしまったが、たくさんの器を遺してくれた。朝のマグカップ、昼のどんぶり、蕎麦猪口、夜の酒器、大皿、小鉢、デザート皿まで、私の日常は遺作で彩られている。夜更けの玉子酒は、金継ぎした器で。

玉子酒夫の手びねり掌に包み

一月三十一日（火）【季語＝寒椿】

理想と現実のへだたりは大きい。年明けには片づいていた机辺も、今や本の山と書類の堆積。働く机上には花瓶など置けない。星野立子賞選考会のため麴町へ。

寒椿明窓浄机こころざし

二月

二月一日（水）

【季語＝寒苦鳥】

「印度の境、大雪山に鳥あり、名づけて寒苦鳥といふ。この鳥、夜、寒を苦しみて、鳴きて曰く、『寒苦身を責む、夜明けば巣を造らん。』明けてまた鳴く、『今日死を知らず、また明日を知らず。何が故に巣を造りて無常の身を安穏にせん』と」。近世俳諧歳時記『わくかせわ』（千梅編）より。

兼好の血筋我にも寒苦鳥

二月二日（木）　【季語＝冬夕焼】

「ら抜きの殺意」以来、永井愛の芝居は大抵見ている。笑って見ているうちに、日常に潜む深淵や心の闇に気づかされるのが魅力。池袋の劇場で「ザ・空気」を見た。今回のテーマは報道の自由と放送規制のあり方の間で振り回され、忙殺される人間の弱さとしぶとさ。印象的な台詞を借りた一句。

この部屋はあの部屋冬の夕焼充ち

二月三日（金）

節分の夜は大声で「鬼は外、福は内」と唱えた。息子たちが巣立った今では豆撒きはしなくなったが、齢の数だけ豆を包み、身体髪膚の健康を願ってから食べることは今も続けている。その数に驚く。

【季語＝年の豆】

まじなひを半ばは恃み年の豆

二月四日（土）　【季語＝春立つ】

毎朝カーテンを開けるたびに、部屋に流れ込む光の量が、目に見えて増してきた。外はまだ寒く、窓の景色も枯色ばかりだが、陽の光は春の訪れを語っている。

玻璃越しの日差艶めき春立ちぬ

【季語＝雪解川】

二月五日（日）

郡山市の三汀賞表彰式へ。毎年小学生の部の受賞作が初々しくて新鮮。この子たちが成長の途中で俳句を忘れても、今日の緊張感や晴れがましさを思い出してくれる日があるといいな。

雪解川越ゆや山襞迫り来る

二月六日（月）

【季語＝沈丁花】

花の毬を成すにはほど遠いが、蕾の一角が小さな爆発をしたように、ぱちっと瞠《みひら》いているのを見かけた。それだけで明るい気分になる。

沈丁花ひとつぶ弾けみつぶ覚め

二月七日（火）　【季語＝うすらひ】

マンション暮らしなので、庭歩きがしたくなると近くの五島美術館に行く。「美の友会」に入っていると年間出入り自由。眼福を得たい時は展示室を巡る。お宝をここに預けてある、という気分にもなれる。今日はここで吟行句会。

うすらひや庭師の声も音もせず

二月八日（水）

【季語＝針供養】

母は私たち姉妹の服をほとんど縫ってくれた。子供の頃のワンピースから結婚式のお色直しのドレスまで。学校から帰ると、ものを縫う母の傍らに座って今日のことを語り、明日を頼んだものだった。片づける時、母は必ず針の数を数えていた。私が針を持つのは、綻びを繕う時だけ。

針供養母の教へを守りしや

二月九日（木）

【季語＝春】

町なかでよく行列を見かける。評判のラーメン屋、目新しいスイーツ、数量限定の和菓子。心は大いに誘われるのだが、並んで待つのは苦手。横浜の赤レンガ倉庫で、長蛇の列を見かけた。苺まつり開催中だとか。きらめく海の光を浴びて、並ぶことが嬉しそうな顔ばかり。

行列は春を迎へにゆく人ら

二月十日（金）　【季語＝辛夷の芽】

木々の芽吹きはまだだが、着々と準備はなされている。自然界も人間界も。新年度からの企画や、半年後の予定など、手帳や卓上カレンダーが埋まってゆく。私だからできる、私にしかできない仕事を志したい。今だからできる、今しかできない事かどうか、自問の日々。

大空を風鳴りわたる辛夷の芽

二月十一日（土）　　**【季語＝恋猫】**

第二土曜日はＮＨＫラジオ「文芸選評」の生放送。今月の題は「猫の恋」。出題しておいて作らないのも気が引けるので一句。今年はまだその声を聞かないが、全国から寄せられた約千五百句を読むうち、存分に見聞きした気分になる。

恋猫の徴《しるし》総身のまかがやく

二月十二日（日）

【季語＝冴返る】

月刊誌「法曹」の俳句欄の選を、深見けん二氏から受け継いで数年になる。その前任は清崎敏郎、さらに以前は富安風生という長い歴史のある頁《ページ》だ。風生、敏郎両先生の系譜を継ぐ者として毎月心を緊めてつとめているが、今日初めて有志の句会を開催することになった。会場は霞が関一―一―一、法曹会館。緊張する。

法曹の館の塔の冴返る

【季語＝春遅々】

二月十三日（月）

原稿を書くことは楽しいが、校正は気が重い。まして一冊分となると、その分量にめげる。目先の締切りがある仕事を手がけることで、仕事から逃げている。こんなことでいいはずはない。仕事から逃げるなら遊ばなくては。

手つかずの校正嵩高春遅々たり

二月十四日（火）

【季語＝バレンタインデー】

愛を至上のものと主張した聖バレンチノは、結婚を禁止したローマ皇帝クラウディウス二世の怒りに触れて、教会で撲殺されたのだとか。血なまぐさい源を忘れて、日本中チョコレートが飛び交っている。

殉教の徒にこそバレンタインデー

二月十五日（水）

【季語＝寒戻る】

一年前に罹ったヘルペスは全快したはずだが、根をつめて仕事をすると、瞼がぴりぴりする。子供の頃の水疱瘡の菌が体内深く潜んでいて、この体にいては危険と察知すると、表皮に出て来て帯状疱疹となる。その原因は加齢と過労とストレスだとか。いずれも思い当る。再発も再々発もある。危険信号が点滅している感じ。

寒戻るかに忘れゐし傷疼く

二月十六日（木）

【季語＝余寒】

自然光が入る窓辺に机を据えているが、冬は寒い。暖房をつけ、電気膝毛布を掛け、今年は更に足温器まで使ったが、コードやスイッチが気になり居心地が悪いことこの上ない。机の下の冷えは余寒の頃、最も辛い。床暖房と空気清浄加湿器完備の居間に仕事を持ち込むことが多くなった。

就中《なかんづく》机の下の余寒かな

二月十七日（金）　【季語＝二月】

床暖房が効かなくなった。風呂の追い焚きもできない。東京ガスに電話すると、すぐに来てくれて、湯沸し器の部品交換が必要だとか。十五年も使い続けたのだから仕方ない。部品交換で甦るものはいいが……。

残りもののあたためて足る二月かな

【季語＝春の風邪】

二月十八日（土）

きれいな銀紙が珍しかった昭和の女の子は、チョコレートの包み紙の皺を伸ばして本に挟んでおいたり、鶴を折ったりしたものだった。今でも銀紙を手にすると無意識に指が動く。龍角散のど飴の包み紙は正方形なので折鶴に適している。

銀紙を折る癖今も春の風邪

二月十九日（日）

【季語＝春寒し】

逆縁に遭った佐貫亜美さんへ。娘さんはまだ三十代半ば。闘病中も健気に仕事に復帰していたのに。言葉がこれほど虚しいものとは。

言の葉のつくづく無力春寒く

二月二十日（月）　【季語＝春の雲】

この頃見かける雲は軽やかに輝いている。風はまだ冷たいが天空は紛れもなく春。その空路を北へ、女満別空港まで飛び、網走へ流氷を見に。と言っても流氷が接岸しているか否かは運を天に任せるしかない。「屋外では寒さの為、ボールペンが使えません。鉛筆をご用意下さい」とは、小樽の仲間「らんぷの会」からの案内。

ひかり寄せまるめ放てば春の雲

二月二十一日（火）

【季語＝流氷】

飛行機の窓を覆っていた雲の白。やがて透けて見えてきた雪原の白。遠目にも耀う流氷の白。光の濃度がみなちがう。白樺林の白、積雪の白を通り過ぎて、砕氷船おーろら号から近々と見た流氷の白は、凄まじいまでに蒼ざめていた。

流氷の白の極みの青透けて

二月二十二日（水）

【季語＝海明】

能取岬の烈風に吹かれつつ、オホーツク海を前に立ち尽す私達を尾白鷲が二羽睥睨していた。沖の流氷帯は目まぐるしく照り翳り、昨日より明らかに近づいている。

踵かへして海明《うみあけ》を待つ漢

二月二十三日（木）

【季語＝木の根開く】

快晴無風の天都山から見渡す網走の三百六十度の景観の彼方に、斜里岳が雲を被っている。昨夜のうちに接岸した流氷が海岸線をへし曲げるように塞いでいる。流氷が去るまで、この町の春は遠い。東京農大オホーツクキャンパスの中川純一教授は五十年来の仲間。農大が技術協力した流氷ドラフトビールで、しばしの別れの乾杯。

水音のかそかにかよひ木の根開く

二月二十四日（金）

【季語＝春めく】

焼きたての食パンを買うと、袋を密封せずに渡してくれる。そのふっくらした匂いは、かつて住んだ町の気に入りのパン屋さんを思い出させる。戸塚の「リスブラン」。石橋の「ローゲンマイヤー」。息子たちが育ち盛りの頃は毎日のように買いに行ったものだ。今は焼きたてが食べられるのは数日に一度だけ。あとは冷凍して、トースターで焼く。

春めくや紙袋よりパン匂ふ

二月二十五日（土）

【季語＝木瓜咲く】

昭和四十九年のこの日、長男を産んだ。雪の夜だった。人生の新しい扉が開いた日だった。近所で少年達の声を聞くと、うちの子もこんな澄んだ声をしていたなと懐しい。今はおじさんの声になってしまったが……。久しぶりに電話でもしてみようか。

木瓜咲くやサッカー少年声を投げ

二月二十六日（日）　【季語＝サイネリヤ】

元町のチャーミングセールへ。横浜に住んでいた頃は春秋の二回必ず行ったものだ。娘時代は母と妹と。結婚後は家族連れで。気に入りの店が閉じたり、町の姿は少しずつ変わったが、今も服やアクセサリーや食器や家具を覗きながら、この町を歩くのが好きだ。娘を持たぬ淋しさを覚えるのはこんな時。

サイネリヤよその母娘の仲のよき

二月二十七日（月）　【季語＝壺菫】

春の野に菫摘みにと来しわれぞ野をなつかしみ一夜寝にける　山部赤人

すみれの名は「すみいれ」の略で、花の形が墨壺に似ているからだとか。万葉集に詠われたのは野に一面の菫だが、私が見かけたのは、駅前に新しく建ったビルの植え込みの隅っこのひと株。

ひもすがらビルの陰なる壺菫

二月二十八日（火）

荏柄天神吟行。太宰府、北野と並んで日本三大天神に数えられるという。たぶん各地に三番目はあるのだろう。

【季語＝梅見月】

鎌倉へ向かふ車窓も梅見月

三月

三月一日（水）

【季語＝青麦】

三月の声のかかりし明るさよ　富安風生

毎年口ずさむ句。まだ寒い日もあるけれど、気分はぐんと明るくなる。朝、男性から花が届いた。桃の蕾の枝と、菜の花と、青い麦の穂。夫の遺作の花瓶に挿すと、部屋全体が明るくなった。送り主を見ると、千葉に住む長男。こんなことは初めてのこと。いったいどういう風の吹きまわしやら。

青麦や子もその子らも男の子

三月二日（木）

【季語＝菜の花】

生まれたのは横浜だが、もの心ついたのは川崎で、暖かくなると父は私たち姉妹を多摩川まで散歩に連れ出したものだ。土筆や蓬を摘んだのもこの土手。菜の花と紫雲英の匂いは、あの頃の思い出に直結する。万葉集にも詠まれた川と知った時は嬉しかった。今はその対岸に住んでいるが、多摩川はいちばん近い散歩コース。孫たちと遊ぶのもこの川のほとり。この子たちのためにも、きれいな川を残したい。

菜の花や多摩川濁ることなかれ

三月三日（金）　【季語＝桃の花】

びっしりついていた桃の蕾が、朝起きると昨日より膨らんでいる。暖房の効いたリビングで書きものをする傍らで、ふくふくと咲きはじめる。長く楽しむには誰もいない冷えびえとした部屋に置いた方がいいのだが、朝昼晩眺め、その度に感嘆の声をかけてやる方が、咲き甲斐があるだろう。たとえ早く散っても。

桃活けて朝に日《け》に夜も咲き増ゆる

三月四日（土）　【季語＝永き日】

小倉の全国俳句大会in北九州へ。今年で十六回目となるが、第一回から選者として加わっている。昨年までは全国女性俳句大会だった。九州は女性俳句の開拓者とも言える杉田久女、橋本多佳子、竹下しづの女、中村汀女らのゆかりの地だ。今や俳句人口の七、八割を女性が占めるようになり、「女性」の文字が消された。東九州自動車道の全線開通のお蔭で、今年の吟行は国東半島へ。

永き日やをみなに寧《やす》き世といへど

三月五日（日）

【季語＝啓蟄】

九州は関東より春がひと足早くやって来る。毎年この旅で犬ふぐりを見かけ、初音を聞く。日の暮れも東京より一時間近く遅い。

啓蟄や歩めば熱《ほて》る足の裏

三月六日（月）　【季語＝初音】

唐津の洋々閣に一泊。数年前、唐津くんちの折に知り合った養蜂家の吉森康隆さんは、浮岳山麓に山小屋を建て、風力発電で灯を点し、石釜を製作中。初めて訪れた日、畑の薄荷を摘んで、蜂蜜たっぷりのミントティーを入れてくれた。せせらぎと鳥の声と木々のさざめきに包まれて、本を読む暮らしが夢だとか。堆積した書の中に俳句の本を見つけ、仲間にお誘いした。その山小屋で今日は句会。

初音なつかし山の名に覚えあり

三月七日（火）

俳人協会の総会と三賞授賞式。毎年新宿の京王プラザホテルで行われる。新人賞を受賞したのもこの会場だった。あれから三十二年、その後評論賞、協会賞もいただき、今は受賞者の責任といったものを受けとめている。今年は評論賞の選考委員として、経過と結果を報告することになっている。

【季語＝梅】

我が歩幅守らむ梅を観る時も

三月八日（水）

【季語＝白木蓮】

このあいだまで地味で瘦せた裸木だったのに、蕾がひとつ残らず膨らんで、一気にひらく日を今か今かと待っている。駅までの道がこの頃ほど楽しみなことはない。ある日いっせいに灯ともるごとく咲くのだ。

光増しつつ白木蓮《はくれん》の花仕度

三月九日（木）　【季語＝犬ふぐり】

もう三月なのだから、ダウンや毛皮のコートは着ない、といった痩せ我慢が年々辛くなる。カイロをしのばせてでもスプリングコートやハーフコートを着よう。昨日今日冴え返る東京でも犬ふぐりが健気に震えている。

句は先週訪ねた豊後高田富貴寺の見事な犬ふぐり。

犬ふぐり大ぶり土手の盛り上り

三月十日（金）

【季語＝囀】

目覚まし時計のアラーム音を、ビバルディーの「春」から小鳥の声に変えた。七曲と四種類の鳥の声から季節と気分に応じて選べるようになっている。それだけで新しい朝が来たような気がするので、時々変えてみる。今朝はその声に呼応するかのように、窓の外でも囀が聞こえた。

囀に目覚めしばらく目つむりて

スイトピー亡き夫に来る誕生日

三月十一日（土）　【季語＝スイトピー】

「幸福《さきはひ》のいかなる人か黒髪の白くなるまで妹が声を聞く」（『万葉集』巻七詠み人知らず）。原典講読の時間、池田弥三郎教授が、「老年まで夫婦揃っている人を羨望した歌で、これが日本人の幸福感の典型のひとつだ」と言われた。その頃の私には、へえ、そんなことが、と思えたが、五十年経った今、この歌の心はそのまま私の思いでもある。今日は夫の誕生日。

三月十二日（日）　【季語＝蕗の薹】

老神《おいがみ》温泉の「しののめ句会」の句稿は、月夜野ファームの採れたて野菜と共に届く。今月は下仁田葱、紫大根、縮み菠薐草、生芋蒟蒻、山牛蒡、菜花、山独活、新じゃが、それから可愛い蕗の薹。豊かな食材と同時に句材をもたらしてくれる。早速山牛蒡できんぴらを作り、蕗味噌も練って、冷凍しておこう。

あくをもて我があく抜かむ蕗の薹

三月十三日（月）

【季語＝花】

ゲレンデ情報が終わらないうちに花粉情報が出て、早くも桜の開花予報がお天気チャンネルに出はじめた。月末の飛鳥Ⅱのクルーズは、新宮、高知、別府へ桜を訪ねる企画。寄港地で吟行、船内で句会、最後の夜はインフォーマルドレスのディナー、それも桜色の物を身に付けて。そろそろ荷造りを始めなくては。

花巡り船旅の荷の嵩むとも

三月十四日（火）　【季語＝酒星】

春の夕方南の空に低く見える海蛇座の頭上に、一文字に三つ並ぶ星を酒星というのだとか。酒屋の旗と見立てたそうだ。

天若《も》し酒を愛さざれば酒星天に在らじ
地若《も》し酒を愛さざれば地まさに酒泉なからむ
天と地すでに酒を愛す
酒を愛して天に愧《は》じず
（李白「月下独酌」）

酒を酌むにも大義名分をかざしているようでほほえましい。こんな季語があることも、星があることも初めて知った。

酒星はいづこ霞目またたきて

三月十五日（水）　【季語＝春休み】

卒園式を了えた孫と映画「ドラえもん」を観に。むかし息子たちと横浜の映画館に行った時は長蛇の列に並び、やっと席がとれたと思ったら次男が「オシッコ！」。映画に連れて行くのも楽じゃなかった。今はネットで席を予約、座席もゆったり、子供用クッションも完備。最後の主題歌は懐しいあの歌と思いきや、平井堅のソフトな歌声で「ねぇ君の弱さを晒してよ　ねぇ　僕の強さを信じてよ　これからも　この先も　僕の心をつくってよ　ねぇ　君が笑うと弾むんだ　ねぇ　君が泣いたら痛いんだ……」（「僕の心をつくってよ」）。それに六歳と三歳が合唱するのだ。まいった。

ポプコーン膝にこぼして春休み

三月十六日（木）　【季語＝涅槃図】

春らしい色の供華を選んで、京都黒谷の夫の墓へ。地続きの真如堂では涅槃図の公開中。六メートルもの丈に描かれた涅槃図には、百二十七種類の鳥獣虫魚が集い、日本で最多を誇ると聞く。猫もちゃんまり坐っている。幾たび見ても飽きることがない。京の日暮れは東京より三十分遅い。時間もゆったり流れているようだ。

涅槃図の裾に泪のかわくまで

【季語＝彼岸寺】

三月十七日（金）

ホテルの窓から望むと、紫に霞む東山が優しい稜線を描き、その裾に黒谷の山門と塔が抱かれている。南禅寺も青蓮院も知恩院も高台寺、清水寺も、三十六峰に守られているのだ。その寺々が彼岸に入り、千年の仏たちに祈りが捧げられる。京都の山々の姿がこんなに優美なのは、千年の哀歓と祈りを見てきたからだと思う。

東山屏風と開き彼岸寺

三月十八日（土）

【季語＝亀鳴く】

第三土曜日は京都で西の例会。今月は東山の「粟田山荘」で吟行、句会、食事といった豪華版。句集『椅子ひとつ』が小野市詩歌文学賞と俳句四季大賞を受賞したことを記念して、西の仲間が祝賀の宴を開いてくれる。受賞は昨年のことだが、春を待ってこうした会を催してくれるのも嬉しい。これも京都時間のひとつ。粟田山荘のご馳走をいただくのは初めて。

亀鳴くや京都七口《ななくち》そのひとつ

三月十九日（日）

【季語＝柳の芽】

四月から担当する仕事の打ち合わせのため、ＮＨＫエデュケーショナルへ。新しいことを始めるのは世界が広がってゆくようで楽しい。今日が誕生日であることを告げると、夜はプロデューサーと渋谷で一献、ということになった。このところ毎晩飲み歩いている。人間ドックも済んだことだし、ま、いいか。

台本にアルファベットや柳の芽

三月二十日（月）

【季語＝春分】

ＮＨＫ学園主催の「飛鳥Ⅱで短歌・俳句を楽しむ旅」に短歌の篠弘先生と同行。横浜の大桟橋から客船で出航するのは長年の夢だった。国内の数日間だが、船旅は異次元へ運ばれてゆくようだ。

春分の潮もかなひぬ出航す

三月二十一日（火）　【季語＝春灯】

朝、新宮に入港。瀞峡めぐりと熊野本宮大社吟行の予定だったが、朝食前に、船長から船内放送で、新宮港強風のため入港断念とのこと。波の穏やかな辺りを終日航海することになった。陸の吟行から船内吟行へ変更。船内地図を片手に昨日から迷ってばかりいる私には、絶好の機会。俳人にあいにくはない。

春灯や船旅の夜を寝惜しみて

三月二十二日（水）

【季語＝彼岸西風】

船の全長二四一メートル、全幅二九・六メートル。乗客八七二名、乗組員四七〇名、客室全室海側四三六室（クルーズガイドブックより）。メインダイニング、ピアノバー、シガーバー、ギャラクシーラウンジ、モンテカルロ、ザ・ビストロ、ハリウッドシアター……。カタカナばかりで覚えきれない。気に入りはビスタラウンジ。百八十度海が見渡せる窓から夕日を眺める。

彼岸西風《ひがんにし》終日船を彷徨はせ

三月二十三日（木）

【季語＝初桜】

土佐港に寄港。四国山地を抜けて祖谷のかずら橋へ。蔓で吊った橋の横木は二十センチ間隔。真下の岩を迸る瀬が見えて怖い。「万が一足を踏み外しても、太腿、お尻で必ず止まります」、とバスガイドさんの言葉にはげまされて、おそるおそる渡りきった！　山鳥の声が聞こえた。大歩危の切岸から鶯の歌も聞こえた。

指さして土佐の孤高の初桜

三月二十四日（金）　【季語＝料峭】

別府に寄港。春雨の中、臼杵の磨崖仏を見に。仏たちを背に里を振り返ると、菜の花が川辺にも山道にも満開。雲雀の声も降り注ぐ。昼食は河豚御膳。南国の雨は柔らかく明るい。

料峭の朱唇ほのかや磨崖仏

三月二十五日（土）

夕食後ルーレットに初挑戦。夜が更けるにつれて、ディーラーの目が輝く。その手わざは魔術師のよう。私は賭事には向いてないことがわかった。

【季語＝春宵】

春宵の煌めきいよよカジノの灯

三月二十六日（日）　【季語＝春愁】

洋上句会には短歌の篠弘講師も出句して参加してくださった。私も初めて歌会に出席、朱筆を入れていただいた。

「船窓に映るカジノの灯の冴えてディーラーの眼は険しくなり来」

船旅の贅を満喫して、日常に戻ることを心身が拒否しているのだろう。まだ足元が浮ついている。

春愁や船酔は船下りてより

三月二十七日（月）

【季語＝春ショール】

『奥の細道』矢立はじめの地、南千住の素盞雄神社で講演。芭蕉が旅立った「弥生も末の七日」は新暦では四月末になるのだが、毎年この日を記念して俳句大会が開催されている。『季語で読む源氏物語』執筆の際気づいたことについて語る。『奥の細道』出立の文章には、光源氏の須磨への旅立ちのくだりの言葉が巧みに綴り合わされているのだ。

春ショール旅の荷ほどき打遣りて

三月二十八日（火）

【季語＝かげろふ】

季語で読む古典講座、今月から『かげろふ日記』を読む。
「なほものはかなきを思へば、あるかなきかのここちするかげろふの日記
といふべし」
「蜻蛉」の字は、誰があてたのだろう。違和感をぬぐえない。

かげろふやをみならは名を残さねど

三月二十九日（水）

【季語＝花韮】

駅までの坂道の途中に、小説家と女優が棲んでいた家がある。小説家が他界して二十数年になるが、遺されたひとは今も変わらず家を守っている。毎年今ごろになると、門扉の外に花韮がうす紫の花をつける。韮に匂いが似ているのでこの名があるが、ベツレヘムの星とも呼ばれる可憐な花。長い間二つの木の表札は色褪せ、字も薄れていたが、先ごろ亡き人の名も墨痕淋漓と書き直された。愛の記憶は薄れることはないのだ。

愛の巣の形見花韮星と撒き

三月三十日（木）　【季語＝雀隠れ】

その店に入ると異国のスパイスの匂いがした。中庭が見える席に坐ると、枯木の幹を囲んで若草が伸び放題。ちょうど「雀がくれ」というほどに。時間をかけて煎れてくれたコーヒーを運んで来た老女に大木の名を問うと、奥のもう一人に聞きに行った。栴檀の木だそうな。うすむらさきの花がこぼれる頃のこの庭もいいだろう。

雀隠れ老嬢ふたり茶房守る

三月三十一日（金）　【季語＝絵踏】

「罪は、普通考えられるように、盗んだり、嘘言をついたりすることではなかった。罪とは人がもう一人の人間の人生の上を通過しながら、自分がそこに残した痕跡を忘れることだった。」

遠藤周作の『沈黙』は、人生を教えられた小説のひとつ。学生時代、階段教室で遠藤周作の特別講義も受けた。M・スコセッシ監督の「沈黙――サイレンス」を観る。歳月を経た感慨の変化に我ながら驚く。

神ならぬ身を知るための絵踏かな

四月

四月一日（土）　【季語＝四月馬鹿】

千駄木の「虫の詩人の館」でスカラベ句会。「スカラベ」とは、糞転がしのことだが、古代エジプトでは太陽神の象徴として崇拝された聖なる昆虫。『ファーブル昆虫記』の巻頭を飾る虫でもある。省みれば、句を玉と磨いているつもりの我らも同類。今日の題は「蝶」と「四月馬鹿」。虫偏の兼題が必ず出るのだが、出題者の奥本大三郎館主は今日は不在。

飛び乗りし電車逆走四月馬鹿

四月二日（日）　【季語＝花見船】

装丁家の間村俊一さんから、屋形船で花見の案内がファックスで届いた。毛筆、手描き地図と共に、

浅草に人の妻待つ櫻かな　俊一

可愛い落款まで押してある。凝り性の彼のことだから、宛名ごとに添え書きの句も違えているに相違ない。

そののちの心づもりも花見船

四月三日（月）

【季語＝桜】

私の桜と決めている木が三本ある。所有しているというわけではなく、勝手に片想い。花季《どき》には必ず逢いにゆく。そのひとつは多摩川のほとりの大木で、満開を迎えると枝が土手に触れんばかり。二子玉川周辺の再開発の波にも呑まれずに生き残った。

ある日曜日の夕方、夫と散歩していたら、花見の輪から抜け出して来た若者が「シャッターを押しましょうか」と声をかけてくれた。二人で写った最後の写真。今も写真立てに入れてある。

立ち出でて今宵はいかにわが桜

【季語＝花】

四月四日（火）

マンションを出ると、お向かいの庭の桜の枝がせり出して朝の挨拶をしてくれる。今年は東京の開花宣言が日本一早かったのに、その後の気温が上がらないせいか、十日経ってもまだ満開を迎えず、期待を長引かせている。朝カーテンをひらく度、洗濯物を干す時も取り込む時も、夕方カーテンを閉じる折も、気になる桜はまだ三分咲き。

咲きそめて花の下枝《しづえ》のうちけぶり

四月五日（水）

【季語＝初蝶】

駅までの道を変えて歩いてみる。多摩川の土手を歩くと、たんぽぽ、なずな、犬ふぐり、菜の花、諸葛菜が健気に揺れて、春よ春よと告げている。

初蝶の追ひ抜きざまにふりかへり

四月六日（木）

【季語＝利休梅】

利休梅五十はつねの齢ならず　波郷

この句を知った時から、どんな花なのだろうと心にかかっていた。鎌倉吟行の折、句会場へ大巧寺の境内を通り抜けると、本堂の傍に白い高潔な花を見かけた。枝にかかっていた小さな札で、その花と知った。

利休梅晩節すでに始まれり

四月七日（金）　【季語＝花洛】

京都への新幹線の車内は、私の第二の書斎。イヤホンでクラシックを聴きながら、選句に集中できる。でも今回は京の桜へ心が逸り、車窓からの眺めも目が離せず、選句がはかどらない。東海道は今花街道だ。

まなうらに花洛鞄に選句稿

四月八日（土）　【季語＝花衣】

花人で賑わう哲学の道を後に見て、疏水べりを北へ辿るのが「新哲学の道」と呼ばれる穴場。今月の西の例会は、そちらを吟行して、午後句会。夜は「汀」五周年記念祝賀会。京女の井上弘美主宰の思いが叶って、京の桜も満開。昼間はスニーカー、夜はハイヒール。

履き替へて夜には夜の花衣

四月九日（日）　【季語＝都をどり】

祇園甲部歌舞練場が改修のため、今年の「都をどり」の舞台は京都造形芸術大学の春秋座。貴船、鞍馬、圓光寺、寂光院の洛北名所四季絵巻を楽しみ、歌舞練場の庭で花見。花の京をそぞろ歩いて花疲れを覚えつつ、祇園白川の夜桜へ。

こゑ栄《は》ゆる都をどりの銀屏風

四月十日（月）　【季語＝夜桜】

祇園白川の夜桜を眺めつつ、川の向こうに灯っている二階で京料理を楽しむのが長年の夢だった。去年、京都ホテルの福永法弘さんのお計らいで、その夢が叶った。

一年ののちを約して春の宵

は、その折の句。約束通り、全国から多忙な人々が顔を揃えて、ささやかな宴。こんな贅沢な花見が、あと何回できるだろう。

夜桜にこぼれて静か二階の灯

四月十一日（火）　　　　　　　　　　　　　　　　**【季語＝落花】**

京の花の旅の最後は、夫が眠る黒谷へ。谷の名があるが、実は小高い丘で、花の雲の上に、京の町が見渡せる。墓地の桜の美しさは、梶井基次郎の言葉を思い出させる。ここにも私の桜と決めた一本がある。

堀辰雄の『風立ちぬ』の最終章「死のかげの谷」は、最愛の人の死後の鎮魂の章だが、私がそれを感得したのは、この黒谷だった。

死者たちの谷をかすむる落花かな

花筏なすほどならずやすらはず

四月十二日（水）　【季語＝花筏】

午後から角川の「短歌」編集部で、伊藤一彦さんと対談。「短歌と俳句の違いとは」「短歌と俳句の未来について」と課題が与えられているが、本棚の隅から学生時代に買った『若山牧水歌集』（角川文庫定価八十円）が出てきた。若い字で書き込みもある。これを持参して、話題にしよう。

四月十三日（木）　【季語＝啄木忌】

定型詩の魅力に目覚めたのは、中学生の時、啄木の歌を知ったから。その頃買った岩波文庫を、今も折々ひらく。昭和三十八年発行、第二十七刷、定価★★★。★ひとつたしか五十円。好きな歌に印がついている。

頬の寒き
流離の旅の人として
路問ふほどのこと言ひしのみ

この歌もそのひとつ。

啄木忌天地焼けたる文庫愛《を》し

四月十四日（金）　　　　　　　　　　　　【季語＝花疲れ】

外出するのに化粧をしなくてすむ男性が羨しい、と言ったら、「そのかわり髭を剃らなければならないよ」と言われた。なるほど。句帳、電子辞書、筆箱、財布、小銭入れ、カード入れ、スマホ、持薬、ハンカチ、ティッシュ、晴雨兼用傘などリュックに詰めて、今日はヨコハマ吟行。もうしばらくするとこれに虫除けスプレーと熱中症予防のペットボトルが加わる。

花疲れ化粧道具の持ち重り

【季語＝チューリップ】

四月十五日（土）

ＮＨＫラジオ「文芸選評」の今月の兼題はチューリップ。花瓶に挿して眺めつつ選句。仏壇の一輪挿しにも。孫たちは来るたびに手を合わせてくれるが、夫は孫たちを知らない。初孫もこの春小学校に入学した。

遺影にも分けて真っ赤やチューリップ

四月十六日（日）　【季語＝残花】

高浜虚子の「武蔵野探勝会」にならって始めた「武蔵野みちの会」も今回で八十三回目。今日の吟行地は立川の玄武山普濟寺。昭和八年に中村草田男が

冬の水一枝の影も欺かず

と詠んだ、その場所である。その日の吟行記も草田男が記している。「そのまま枯草の中へ腰をおろした。（略）いかにも沈静だ。水辺の枝の細かな樹木が、其儘の姿を水面鏡の上に――故芥川竜之助愛用の言葉を借用すれば――瞭然と、切ないほど瞭然と映つて居る。」工房を覗いた気がする。

ゆく水にかざし華やぐ残花かな

四月十七日（月）

【季語＝遠足】

江東区立越中島小学校六年一組の生徒たちと、海洋大学を吟行。学校で一緒に給食を食べて、午後の授業で句会。どんな句が生み出されるか、どんな感想が聞けるか、楽しみ。

遠足の朝の靴紐蝶結び

四月十八日（火）

【季語＝蜃気楼】

京橋で句会の後、約束の時間まで遅日の銀座を歩く。鳩居堂で文房具を買い、マリアージュ フレールで紅茶を買い、あとはウィンドウショッピング。こんな時だ、思わぬものを衝動買いしてしまうのは。

かかる日はかかる沖にも蜃気楼

【季語＝鳥雲に】

四月十九日（水）

ラジオ深夜便の「明日へのことば」のコーナーで、子育て俳句の話の収録。「俳句のすすめ――若き母たちへ――」を出版し、パラソル句会を始めたのは九年前のこと。仕事というものは、時々遠い谺のように返って来る。放送は五月十七日の午前四時から。

鳥雲にとほき谺を聞くごとし

四月二十日（木）

【季語＝桜蘂】

見聞きする物事にいちいち心を動かしていては、身が持たない。だが、ささやかな物事に心が止まらぬようになっては、俳人として失格だ。

桜蘂踏みて見ぬふり知らぬふり

四月二十一日（金）　【季語＝入学児】

ひと月ぶりに会った孫は、小学生になったしるしとばかり、ブレザーを着て来た。

「もう一年生になったのだから、ばあば、なんて赤ちゃん言葉ではなく、和子さん、て呼ぶのはどう？」

と提案したら、

「うん、覚えてたらね」

と頷いてくれた。男の子に「和子さん」と呼ばれるのは久方ぶりだ。楽しみ。

駈け寄りて草の匂ひの入学児

四月二十二日（土）　【季語＝フリージア】

子育ての頃はM君のお母さん、Tちゃんのママ、としか呼ばれなかった。句会に出ると昔からの仲間が「和子さん」と呼んでくれるのが嬉しかった。西村さんの奥さんでもない自分に立ち返ったような気がした。いつの間にか句会に出ても、先生と呼ばれることが多くなった。今日は「知音」の同人句会。兼題は「フリージア」。およそ五百句のフリージアが香り立つことだろう。

フリージア夢の中にも香りくる

四月二十三日（日）　【季語＝若草】

窓を開けたままにしても心地よい季節になった。朝から雀が鳴く、四十雀が呼ぶ。鶯も毎年いい声を聞かせてくれる。近くに名ばかりの自然公園があるので、その枝で鳴いているのか、谷渡りの練習中。鴉も時々呼び合っているが、カア、としか鳴けないのは気の毒。買い物に出かける時、遠まわりして多摩川の土手を歩いてみる。

若草にしやがむ語らふ駈けまはる

四月二十四日（月）　　【季語＝勿忘草】

ＮＨＫワールドの「俳句マスターズ」の選句のため渋谷へ。建築中のビルの工事現場の端っこに、わずかな三角地を残して、ビニールで覆った一隅を作り、鉢植えと兎の人形が飾ってある。今日はそこに勿忘草がまたたいていた。巨大なビルが出現するらしく、今はまだ地下層を建築中。二〇二〇年の東京オリンピックまでに、この街も変貌するのだろう。

勿忘草寸暇寸土を惜しむべく

四月二十五日（火）

【季語＝春日傘】

日傘は幾つか持っているのだが、風にも負けぬものは骨太で重い。軽いものは壊れやすい。気に入りのものほどなくしやすい。雨にも負けぬ最新のものは、内側がビニール張りで、しかも軽い。少しでも荷物を軽くしたいので、新調した。これをさして今日は鎌倉吟行。なくすのが先か、壊れるのが先か、心もとない。

回しみてかろきが嬉し春日傘

四月二十六日（水）　【季語＝鮊子】

関西に暮らしていた頃、鮊子のくぎ煮をよくいただいた。阪神間の家々では、鮊子漁が始まるのを待ち兼ねて、港で仕入れ、どっさり炊いて親類縁者に配るのがこの時期の主婦の仕事と聞いた。家によって味が少しずつ違う。これを口にすると、瀬戸内海の春の便りを聞く思いがする。神戸の和田游眠さんから、今年もなつかしい味が届いた。冷凍して、毎日少しずつ楽しんでいる。

鮊子《いかなご》や縁の糸の途切るるなく

【季語＝逝く春】

四月二十七日（木）

ゴールデンウィークが始まる前に衣更えをしよう。その前に机辺整理をしなくては。書斎から溢れ出した本が、リビングにも蹲っている。いただいたまま未読の本、読みさしの本を、連休を過ごす予定の草津へ送って、ゆっくり読もう。『ヒマ道楽』（坪内稔典）『役に立たない読書』（林望）『僕たちが何者でもなかった頃の話をしよう』（永田和宏）。京都の仲間がくれたこの二冊も入れておこう。『京都ぎらい』（井上章一）『応仁の乱』（呉座勇一）。

逝く春の本堆き机上机下

四月二十八日（金）　　【季語＝花水木】

駅までのアメリカ花水木の並木に、純白のリボンのような花がいっせいに揺れる頃となった。移り住んで来た頃は、まだ若木というより幼木のように痩せっぽちで、花も乏しかったが、今は青春期を迎えて風を日射を喜んでいる。私もこの町に根づいた。

花水木閃き並木ととのひぬ

四月二十九日（土）

【季語＝春の夢】

「夢は私の感情である。夢の中の彼女の感情は、私がこしらへた彼女の感情である。私の感情である。そして夢には感情の強がりや見栄がないのに。さう思つて、私は寂しかつた。」

——川端康成『掌の小説百篇』より——

覚めぎはの声を忘れず春の夢

四月三十日（日）　【季語＝躑躅】

躑躅はあまり好きな花ではないので、この字はいまだに辞書で確かめる。さらに調べてみると、この字をあてるのは、羊がその葉を食べると毒にあたって躑躅《てきちょく》して死ぬからだとか。行きつ戻りつする、とか、躍りあがるという意味。「羊躑躅」というつつじの一種があり、羊はこの葉を見ると躑躅して散り散りになるから、という説もある。

息合はせ躑躅の焔《ほむら》息苦し

五月

【季語＝春惜しむ】

五月一日（月）

藤田嗣治の「カフェ」という絵が好きだ。白い衿の黒衣のマドモアゼルが頰杖をついて、手紙を書きあぐねている。インク壜とペンと飲みさしの赤ワイン。手紙は涙に滲んでいる。背後には黒い帽子の老人とギャルソンの後ろ姿。パリには今もこんなカフェがありそう。東京の街からは昔ながらの喫茶店が姿を消しつつある。倉敷には「エル・グレコ」という名のゆかしい茶房があったっけ。

画家の名の茶房に春を惜しみけり

五月二日（火）

【季語＝八十八夜】

長男が去年新調したというマツダロードスターに、初めて乗せてもらって草津へ。二人乗りのオープンカーなんて若者の車だ。隣に乗せるひとが出来たらいいのに、まだ一人を楽しんでいるようだ。今日は年に数回の親孝行と思っているらしい。

八十八夜小櫛のやうな月捧げ

【季語＝春暮る】

五月三日（水）

こちらでは辛夷、桜、黄水仙、水芭蕉、片栗の花などがゴールデンウィークにいっせいに花ひらく。草津白根の嶺には残雪が輝いている。

枢《とぼそ》開く気配とてなく春暮るる

五月四日（木）

【季語＝水芭蕉】

オープン・カーというものははた目より風を受けないものと知った。それだけ設計に工夫が凝らされているのだとか。走行しながら鳥の声が聞こえる。山の匂いがする。太陽が暖かい。「知らない町でも近くに美味しいパン屋があるのがわかるよ」と息子は言う。

水芭蕉おののものおののもの葉をかむり

【季語＝こどもの日】

五月五日（金）

長男と入れ違いに次男一家がやって来た。スイミングクラブに通い始めた子供たちは、ここの温水プールが気にいったようだ。静かに読書、という私の予定は暫しお預け。

こどもの日子が子を連れて襲来す

【季語＝夏来たり】

五月六日（土）

子供たちが帰って静寂が戻ったが、部屋の空気は冷却した。夜は暖房を入れないと寒い。若葉冷えを実感。

夏来たり子供の声に目が覚めて

五月七日（日）

【季語＝からまつ若葉】

若葉が日に日に育つ時は精気を発散するのだろう。窓から見えるひときわ高い梢にさっきから小鳥が一羽。その少し下にもう一羽。しばらく語りかわしていたが、気があったのか、パッと同時に飛びたった。

踏み入りてからまつ若葉匂ふかな

五月八日（月）

【季語＝余花】

草津のマイ桜もこの一週間で満開を迎えた。この桜にも毎年声をかける。帰りは吾妻線の特急「草津」で。上野駅の啄木歌碑に「ただいま」と声をかけるのも、私のささやかな儀式。

余花に声かくるも帰り仕度かな

【季語＝夏めく】

五月九日（火）

二子玉川の兵庫島吟行。ここには若山牧水の歌碑がある。

多摩川の砂にたんぽぽ咲くころはわれにもおもふ人のあれかし

若かりし日の作だが、老境にさしかかった私の心にも滲みる。「あれかし」という願望がせつない。

夏めくや水辺に人をイたしめて

【季語＝更衣】

五月十日（水）

気がつけばクローゼットも簞笥の抽斗も黒ばかり。厚手の黒から薄手の黒に入れ替えるだけ。もう黒い服は買うまいと思っているのだけれど、やはり黒を着ると落ち着く。

黒とても軽重浅深更衣

五月十二日（木）

卯の花をはじめとして初夏の花は白が多い。やまぼうし、朴の花、泰山木の花。地に咲く姫女苑や車前草の花も。

【季語＝卯月野】

卯月野に光分かちて川合流

【季語＝アカシアの花】

五月十二日（金）

十八年前、清崎敏郎先生が亡くなった日、京都の哲学の道を吟行していた。花季《どき》が過ぎ、人々が去った京都は、若葉が美しく、法然院の庭に嵐気が降りてくるのを感じた。

今日は横浜吟行。先生の忌日にも、俳句と共に過ごすことが、私にとって最も師を近く感じる。

アカシアの花のたわわや雨もよひ

五月十三日（土）　【季語＝椎の花】

新国立劇場で、田中千禾夫作「マリアの首」を観る。昭和三十三年の長崎を舞台とした劇だが、終幕の死者たちの願いの声が、現代の日本にも切実に響いてくるのが怖かった。爆心地の悲惨な現状の中で、未来を求めて、精神性をもってたくましく生きるのは、男たちよりも女たちであった。

幕下りし闇の彼方の椎の花

五月十四日（日）

【季語＝夏浅し】

『清崎敏郎の百句』を脱稿。いつも机上にあった句集を書架に戻し、校正刷を手放すと、仕事が終わったことを実感する。ずいぶん時間がかかってしまったが、それだけ時間をかけた充実感もある。師恩に報い得た思いも少し。夕方、多摩の川原を歩き、先生の旧居跡を通ってみる。

我が町を川より眺め夏浅し

【季語＝姫女苑】

五月十五日（月）

「（平安女房文学が）政治にかかわらない女性たちによって書かれたことで、恋愛を中心とする日々の暮らしのなかのヒューマニティーに焦点が当てられました。」——林望『役に立たない読書』より——

その林望さんと、「源氏物語を読む、語る、味わう」の第五回。『謹訳源氏物語』の五巻から、名場面を林さんが、原典を私が朗読。「真木柱」の修羅場と愁嘆場が今回の山場。

姫女苑その名ほどには華やがず

五月十六日（火）

フランスでお世話になったチボー夫妻が来日中。パリで句会を作りたいと言うしづ香さんが、吟行や句会に参加。二人の会話は私にはわからないながら、音楽を聞いているようで心地よい。フィリップさんのフランス語の響きはとてもチャーミング。彼の日本語はもっとチャーミング。

【季語＝薔薇】

仏蘭西語ひそやか薔薇の昼闌《たけなは》

五月十七日（水）

【季語＝卯の花腐し】

卯月に咲くから卯の花か、その花が野にも山にも見られるから卯月なのか。純白の花を腐らせるまでに降りつづく雨。「花の雨」「菜種梅雨」「薬降る」「虎が雨」そして「五月雨」の季節。雨にも名をつけて眺めていた古人の心に親しみを覚える。今日は陰暦卯月二十二日。

音もせで卯の花腐し止みもせず

五月十八日（木）

【季語＝迎へ梅雨】

沖縄と奄美は先週梅雨入りしたとか。梅雨が来る前にシーツやカバーやカーテンを洗濯しなくちゃ、と思いつつ、今日から京都。

迎へ梅雨本屋に森の匂ひ満ち

五月十九日（金）

【季語＝椎若葉】

東山に点々と盛り上る椎若葉を、古人は龍紋と見たのではなかろうか。青龍は東方の守護神だ。毎年、この時季の京都に来ると、東山に龍が走るのが見える。

三十六峰青龍跋扈椎若葉

五月二十日（土）　【季語＝若楓】

真如堂吟行。紅葉の名所は今の季節にこそ訪ねたい。京都の楓はことのほか細やかで、なよやか。

「祭のころ、若葉の梢涼しげに茂りゆくほどこそ、世のあはれも人の恋しさもまされ、と人の仰せられしこそ、げにさるものなれ」（『徒然草』、十九段）

若楓人恋しさもまさりけり

五月二十一日（日）

【季語＝祭】

京生まれの夫は、葵祭の後の京都がいちばん好きだと言っていた。墓に参っても、この頃はもうそこにいないような気がする。殊にこんなにいい季節には、風のように洛中を経巡っているだろう。

祭過ぎ大路小路のすがしさよ

五月二十二日（月）

【季語＝新緑】

ホテルの十五階の窓から御所の緑が見渡せた。この時季の緑は階調が見えて楽しい。京都の街を眼下に、青く霞む山々を眺めながらの朝食は最高の贅沢。部屋によって東山だったり、西山だったり。今回は西山だった。帰宅しても歳時記を開くと京の山河が甦る。

九重の新緑護る青垣山

五月二十三日（火）

【季語＝木下闇】

北鎌倉の浄智寺吟行。鎌倉五山第四位と言えども、京の五山に較べると寺院というより庵。そこに私たちは親しみを覚える。庭にさまざまの草花を咲かせ、ささやかな幸せを感じさせてくれる。ここに来ると東京の喧騒を忘れる。今日も参加者が多いことだろう。

木下闇亡者と生者ゆきちがふ

五月二十四日（水）

【季語＝新茶】

毎年新茶を贈ってくれる仲間がいる。何よりの季節の挨拶。いつもはそそくさと茶を入れる私だが、新茶だけは湯をゆっくり冷まして、落ち着いて注ぐ。遺影の夫も満足そう。おさがりも飲み干す。冷めても美味しい。

稿継ぐや新茶淹るるも時かけて

【季語＝一夜酒】

五月二十五日（木）

たのしみは珍しき書《ふみ》人にかり始め一《ひと》ひらひろげたる時

橘曙覧《あけみ》の「独楽吟」をまねびて。一夜酒（甘酒）は元来夏の季語。あつあつを飲んで暑さを忘れたのだろうが、飲む点滴と言われて見直されている。冷やして飲むのも美味。

たのしみはそぞろ読みゆく書《ふみ》の中《うち》に我とひとしき人をみし時

好きだなあ、橘曙覧。

たのしみは書淫夜ふかし一夜酒

五月二十六日（金）　【季語＝蟻】

吟行の折、句材に迷うと足元を見る。もう蟻がせっせと働く季節になっていることに気づく。追いたてられるようにせかせかうろうろしているが、音は全く立てない。仲間と出くわすと声をかけ合っているようだが聞こえない。どうやって意思疎通や情報交換しているのだろう。

蟻と蟻足音を消し声を消し

五月二十七日（土）

【季語＝新樹】

同人句会の今月の兼題は新樹。兼題は宿題のようで、ひと月のあいだ頭の隅にある。これは連休を草津で過ごした時、散歩の途中に見かけた樹。現代的な季語と思っていたが、季吟の句に既に見られる。雨の新樹や夜の新樹、都会の新樹も詠んでみたい。

高原の風に抱かるる新樹かな

五月二十八日（日）

【季語＝黒揚羽】

孫の四歳の誕生日プレゼントに、青いスニーカーを選ぶ。この子の目下の宝ものはミニカー。大きくなって車の運転ができるようになったら、乗せてくれると約束した。孫たちと会うと、自分の余命を数えてしまう。転生が叶うなら黒揚羽がいい。

この庭の光陰かすめ黒揚羽

五月二十九日（月）

【季語＝汗】

噂の神田松之丞を初めて観た。「天保水滸伝」の独演会。講談というものも初めてだったが、聞きしに勝る声、テンポ、凄みのきいた迫力に圧倒された。張扇をとり落すほどの熱演に満場息を呑む。スリリングなスピードに酔い痴れた。啖呵の切れと勢い、美意識。こんな世界があったのか。平手造酒《みき》の最期の幕間、席を立てなかった。

血を拭ふごと釈台の汗を拭く

五月三十日（火）　【季語＝菖蒲湯】

首から肩にかけての痛みで、夜も目が覚める。右手を酷使しているせいだとわかっている。鍼灸院に毎週通うことになった。このまま放置しておくと、痺れが来るそうな。仕事の能率が落ちたことを嘆くよりは、身をいとえということだろう。今日は端午。「五月は俗に悪月と称し、禁多し」と『荊楚歳時記』にある。今年は閏五月もある。気をつけよう。

菖蒲湯にほぐるる凝りにあらざれど

五月三十一日（水）　【季語＝葉桜】

「天地の恵みを選ぶに時があり／選んだ素材を整えるに時がある／食卓をよく備えるに時があり／備えた席に客を迎えるに時がある／客人の望みに耳傾けるに時があり／メモを膨らませ調理するに時がある／喜びと寛ぎを醸し出すに時があり／醸し出された愉楽を高めるに時がある（略）」

（高橋睦郎「料理十の時」）

その「ＴＯＴＯＫＩ」で、高橋睦郎さんの蛇笏賞受賞を祝って晩餐。

葉桜の土手ゆけば時遡り

六月

六月一日（木）

【季語＝青梅】

「青楓」「青柿」「青胡桃」「青山椒」「青芝」「青芒」「青蔦」「青葉」「青葡萄」「青林檎」。夏の季語は青に満ちている。植物ばかりではない。「青蛙」「青鷺」「青大将」「青葉木菟」「青蜥蜴」。青の季節がやってきた。かと言って、最近耳にする「青紅葉」はいかがなものか？

青梅や毒なき詩《うた》のつまらなく

【季語＝茅花流し】

六月二日（金）

兵庫県の小野市詩歌文学賞授賞式に、昨年の受賞者として招かれる。短歌と俳句は隣の世界だが、歌人達とじっくり語り合う機会は存外少ない。二泊三日のこの旅は、その楽しみに満ちている。播州平野の黄昏は長い。

播磨野や茅花流しの光満ち

六月三日（土）　【季語＝麦秋】

歌人、上田三四二のふるさと小野市で開催される短歌フォーラムは、今年で二十八回を数え、第九回小野市詩歌文学賞の受賞者は、短歌部門、吉川宏志氏、俳句部門、茨木和生氏。茨木和生さんは、私の西のお兄さんだから、とても嬉しい。馬場あき子、宇多喜代子両氏の対談「来し方を振りかえり《いま》を考える」のコーディネーターは永田和宏氏。なんたる贅沢。

麦秋の落暉の翼遍《あまね》しや

六月四日（日）

【季語＝青嵐】

「短歌を日本語の底荷だと思っている。そういうつもりで歌を作っている。俳句も日本語の底荷だと思う。」

「的確に物を捉え、思いをのべるのに情操のかぎりをつくし、正確に、真実に、核心を衝《つ》く言葉を選ぶのが短歌であり、俳句である」（上田三四二『短歌一生——物に到るこころ』）

新神戸からの帰途、この言葉を改めて心に噛みしめる。

ビルの盾鉄塔の矛青嵐

六月五日（月）

【季語＝えごの花】

二十代の頃からハードコンタクトレンズを嵌めている。近眼に乱視、さらに老眼が加わって、最近は遠近両用のレンズ。その上に原稿を書く時は、老眼鏡をかける。コンタクトの技術も進んで、使い捨てのソフトコンタクトでも、遠近両用があり、ドライアイを防ぐ工夫もされているとか。眼の主治医、六本木の鴨下眼科へ。

散りざまも先師の愛でしえごの花

六月六日（火）　**【季語＝サンドレス】**

外出しない日は化粧もしない。「すっぴん」という俗語、広辞苑にも載っている。「すっぱり」「すっとばす」「すっきりしゃん」。語感が心地よい。「すっぽんぽん」「すっぱぬく」「すっからかん」「すっとこどっこい」。周辺の言葉も江戸っ子の感じ。

ほんとは頭からすっぽりかぶる「アッパッパ」なのだが、言葉だけでもしゃれてみた。下五はまだ迷っている。

すっぴんのひと日を得たりサンドレス

【季語＝走馬燈】

六月七日（水）

句碑ひとつさがし歩みぬ境内のほほづき市のテントぬけつつ
走馬灯回したるまま眠らむと凪なき夜のあかりけしたり
（大原清明歌集『海色の窓』より）

万太郎の句碑を探して歩いたのだった、あの夜。鬼灯市の端に走馬燈を回して翳《ひさ》ぐ影を見つけて、ひとつずつ買った。五十年近く前のこと。その清明《あきら》さんと三恵さん兄妹の家で、私は西村と初めて会ったのだった。あの走馬燈、今も心の中で廻っている。

思ひ出のもとより儚《はかな》走馬燈

【季語＝梅雨に入る】

六月八日（木）

夫の遺作の香爐は謎めいた衣をまとった僧をかたどり、その日、耳、口から香煙が漂い出るようになっている。試作段階では香を焚くとすぐに消えてしまったので、袂の切れ込みを深くしたり、衣の裾にも隙間を作ったり、工夫の過程も見て来た。仏壇の線香よりも、この香爐で香を焚くのが夫も私も好き。今日の香は松榮堂の「芳輪」。重い空気を軽くしてくれる。関東、東海もいよいよ梅雨に入った。

香けむり水のごとくに梅雨に入る

六月九日（金）

【季語＝明易し】

『清崎敏郎の百句』が出来上ってきた。改めて手に取ると、表紙の露草の絵も、露草色の字も濃く、思いがこもった一冊となった。私の半世紀の句歴も詰まった一冊だ。初心の頃から三十三年間師事した先生の代表作百句。先生は何とおっしゃるだろう。

「誰が何と言おうと、自分の道はこれしかないと思うようになるよ」と、むかし言われた。その境地を志して、今日は横浜を吟行。この句会で、先生の声を聞いたことのある人も少なくなった。

師の声を聴きしと思ふ明易し

【季語＝籐寝椅子】

六月十日（土）

夕ぐれに眼ざめてはならない。すべてが
遠く空しく溶けあう　優しい暗さの中に
夢のつづきの　そこはかとない悲しみの
捉えようもない後姿を追ってはならない。

（清岡卓行「ひとつの愛」より）

NHKラジオ「文芸選評」の今日の題は「籐椅子」。

暮れがたに目覚めてひとり籐寝椅子

六月十一日（日）

【季語＝万緑】

柿若葉、葉桜、欅若葉、松の緑と濃淡がはっきりしていたものが、今ほぼ同じ深い緑になった。万緑とは満目の緑のことと思っていたが、こういうことも言うのだ。世田谷生まれの鶯も、はや老鶯となって谷渡りを楽しんでいる。

瞑《めつむ》りて白昼瞠《みひら》きて万緑

六月十二日（月）　【季語＝香水】

一時間で横浜港を一周するマリーンシャトルでランチを楽しむと、船旅の気分が味わえる。夜の二時間コースは、デートにいいだろう。以前、夜の吟行会で東京湾クルーズを楽しんだが、工場地帯の夜景は非日常の世界だった。香水も船遊びも夏の愉しみ。

香水や午餐の窓に水脈眺め

六月十三日（火）

【季語＝桜桃忌】

『斜陽』に出会ったのは高校一年の時。今、本棚から新潮文庫を取り出してみると頁《ページ》が焼けてシミだらけ。自分の老を目のあたりにするようだ。大好きだったのは『女生徒』。私も眼鏡をかけて電車通学をしていた「王子さまのゐないシンデレラ姫」だった。蒲団を上げる時「よいしょ」と声をかけるのが、いまだにはばかられる。もう少女のかけらも残らぬ齢になってしまったのに。

その呪文いまだに解けず桜桃忌

六月十四日（水）　【季語＝黴】

年に数回ダスキンの若者が数名で、ややこしい掃除をしてくれる。風呂場、水まわり、エアコン、網戸、換気扇など、自分ではとても手が届かぬ所を隅々まできれいにしてくれる。二重に本が詰まっている本棚の整理もしなくては、奥に何があったのかさえ忘れがちだ。こればかりは自分でしなくてはなるまい。梅雨が明けてからにしよう。と、毎年思う。

黴の書に挟まれ覚えなき紙片

【季語＝皐月富士】

六月十五日（木）

一日が過ぎれば一日減つてゆく君との時間　もうすぐ夏至だ

（永田和宏『歌に私は泣くだらう』）

この時期、必ず思い出される。この本の文脈の中で読むとせつない。遺された身には、そののちも変質した「君との時間」が続いている。私は今年で十二年。永田さんは何年になるのだろう。今日から京都。

雲間より額仄めき皐月富士

六月十六日（金）

【季語＝青簾】

一年くらい京都に住んでみたいと、かねがね思っている。京都生まれの夫の本籍地は中京区。墓地は黒谷の金戒光明寺。従って、私の本籍も墓も京都だ。京都は大好きで、『虚子の京都』執筆中は、毎週通った。一度くらい住んでみないと、お墓にも入りにくいかも知れない。でも、一年くらい、なんて根性では、千年の都は受け入れてくれないだろうなあ。

亡きひとと棲まばこの路地青簾

六月十七日（土）　【季語＝縁涼み】

北山宗蓮寺の清崎先生の句碑を訪ねる。

前 山 に 日 の 当 り 来 て 時 雨 け り　敏郎

昭和五十七年、句碑のための句を作りに足を運ばれた。本堂の奥の座敷から、北山杉の山が見渡せる。縁側の椅子に腰をかけてみる。三十年を経た今も変わらない。本堂をお借りして、「知音」の西の例会。

前山の嵐気髪膚に縁涼み

六月十八日（日）

【季語＝紫陽花】

子育てをした横浜の家には、毎年濃紫の紫陽花がたわわに咲いた。たった二輪の鉢植を買って来て、植えかえて育てた。刈り込みすぎて花をつけなかった年なども体験して、立派な花をつけるようになると、剪り口に明礬《みょうばん》をすりこんで、切り花としても楽しんだ。あの紫陽花、今も咲いているかしら。

住み捨てし家の紫陽花盗まばや

六月十九日（月）　【季語＝梅雨の蝶】

山種美術館が兜町にあった頃、都会のオアシスを見つけた思いがして、よく通った。大学生の頃だった。福田平八郎や速水御舟の絵の魅力をここで教わった。今は恵比寿に移ったので、鍼灸院の行き帰りに足を延ばす。昨日までの企画展は「花——琳派から現代へ——」。四季の花々を堪能したが、田能村直入の「百花」と御舟の写生帖に圧倒された。筆をとらぬ日はなかったのだ。

下草に息継ぎながら梅雨の蝶

六月二十日（火）

【季語＝薄暑】

ミントが口に合う季節になった。カクテルならヘミングウェイが愛したというモヒート。奈良ホテルのバーもおいしかったが、仲間の三石知左子さんに連れて行ってもらった銀座の「Ｂａｒ三石」でも杯を重ねた。

口中に薄荷ひろがる薄暑かな

六月二十一日（水）　【季語＝夏至】

季語で読む源氏物語、枕草子、徒然草の云わば「季語で読むシリーズ」三部作刊行を記念して、南麻布の「知音」事務所で、国文科の先輩の大輪靖宏氏をお招きして、行方克巳さんと合評会をしていただく。最初に書き始めてから十数年の歳月が経っている。夏至の日が暮れたら、麻布十番で祝杯をつき合っていただこう。

輪講の声夏至の窓暮るるまで

六月二十二日（木）　【季語＝富貴草】

五島美術館へ行く時は、四時過ぎに家を出る。入場は四時半までなので、静かにゆっくり見巡ることができる。「近代の日本画展」の中では、川端龍子の「富貴盤」に心惹かれた。おそらく庭の牡丹を剪ってきて、素焼の盤に載せたものを描いたのだろう。葉の虫喰いまで写し取っている。何故庭に咲いていている時を描かなかったのだろう、と思って見つめているうち、豪華な花びらの重なりに細い墨の滲みがあるのに気づいた。ほろびの兆しを描きたかったのだ。

描かれて五衰兆せり富貴草

六月二十三日（金）

【季語＝梅雨晴間】

「夜目遠目笠のうち」と言うけれど、横浜のベイブリッジも、隅田川の業平橋も、多摩川の丸子橋だって、遠くから眺めてこそ美しい。船遊びで潜る視点は珍しいけれど、橋の裏はきれいなものではない。妙に音が響いて、暗がりに蝙蝠なんかがぶらさがっていたりする。まして橋の下を歩いて通るのは、物騒だ。こんな季節はことさら。

梅雨晴間橋は遠目が佳かりけり

六月二十四日（土）　【季語＝蚊遣火】

同人句会の今月の兼題は「蚊遣火」なので、薬局で昔ながらの蚊取線香を買って来た。除虫菊の粉を渦巻き型にした、懐かしいかおり。嗅覚ほど記憶に直結した感覚はないと思う。実家のあの棚に蚊取線香の箱と、大きなマッチ箱が置いてあった。その家も、もう無い。

蚊遣火の香や考《ちち》の声妣《はは》のこゑ

六月二十五日（日）

【季語＝夏ゆふべ】

わが町にも富士見橋や富士見坂がある。ここから見える富士は、丹沢の山越しに小さくしか望めないが、それでも見えた日は何かいいことがありそうで嬉しい。東海道新幹線は、必ず富士が見える側の席を予約する。先日の帰路、暮れ方の窓にうすうすと、しかも存在感のある姿が見えたのは感動した。頂あたりに細く雪の筋が見えた。やがてあの雪も消えるだろう。

夏ゆふべ薄墨色に富士泛べ

六月二十六日（月）

【季語＝朴散華】

先週は市川海老蔵夫人、小林麻央さんの訃報が日本中を駆け巡った。まだ三十四歳だったと聞く。遺されたお子さん方は、やっと五歳と四歳。

留《とど》めおきて誰をあはれと思ふらん子はまさるらん子はまさりけり

和泉式部のこの歌が思い出されてならない。娘の小式部の内侍が二人目の出産で亡くなった折の挽歌。親の心情と命のはかなさは、千年たった今も変わることがない。

朴散華無縁の人と思ほえず

六月二十七日（火）　【季語＝沙羅の花】

十数年前、海老蔵襲名興行を歌舞伎座で夫と観た。お父さんの團十郎さんが急性白血病のため、安宅の関の弁慶役を急遽坂東三津五郎さんが演じた。六方を踏んで花道を去る三津五郎さんに、芝居の神様が光を注いでいるのが見えたと思った。その日から大和屋のファンになった。あの日感動を分け合った夫も、名優たちも、もはやこの世の人ではない。この数日、マンションの玄関の沙羅の花がしきりに散る。

亡き人の数ほど散りて沙羅の花

六月二十八日（水）

【季語＝夏料理】

「グリーフ・ケア」という言葉を知った。家族や特別に親しい人が亡くなり、深い悲しみにくれ、喪失感に陥った人への慰めと癒し。その資格が私にもあると知らされたが、悲しみに共感するしか出来ない。悲しみは薄らぐことはないが、淋しさを飼いならすことはできる。亡き娘さんの話を聞きながら夏料理に、涙の味も少し。

亡きひとも伴ひ来たれ夏料理

用向きを作り五月雨傘さして

六月二十九日（木）

【季語＝五月雨傘】

雨の日が楽しみ。去年パリで買った傘がさせるから。ノートルダム寺院の前の広場で、たしか十数ユーロで買ったものだが、ひらくと黒地にグレーのエッフェル塔や凱旋門やノートルダムやサクレクール寺院の写真がプリントしてある。折りたたみではないので旅行には持って行けない。今年の梅雨は一日中降り続くということが少ないので、あまり出番がない。使わぬうちに古びてしまわないか気がかり。それよりどこかに忘れて来そうで心配。

【季語＝バルコニー】

六月三十日（金）

『清崎敏郎の百句』を贈呈した方々からの言葉。

「虚子先生が、研究座談会で、『私はよき俳句の批評は、よき解釈だと思っている』と云われましたが、敏郎さんも莞爾とされていると思います」深見けん二氏よりファックス。

「立派な御本、敏郎先生お喜びと存じます」後藤比奈夫氏より葉書。

「きょうの予定の仕事はすべて後回しにして、読みふけりましたが、たいへん面白く、また勉強にもなり、俳句への気合いも入りました」林望氏よりメール。

犒《ねぎら》ひの葉風さやさやバルコニー

七月

【季語＝のうぜんかづら】

七月二日（土）

「知音」の初心者句会「ボンボヤージュ」の命名は行方克巳さん。私の発案、指導で句会のマナーから漢字の読みまで、初心のうちの心得をすべて伝える至れり尽せりの句会。二十年近く続いているが、メンバーは三年で卒業する決まりとなっている。その卒業旅行で今年は老神温泉へ。基本を身につけて俳句の大海へ出航する面々と。宿の伍楼閣の女将、金子笑子さんもボンボヤージュ出身者。上越新幹線で毎月東京に通ってきたのは、もう十数年前。

蝶放つのうぜんかづら揺るる時

七月二日（日）　【季語＝螢】

吟行句会の後は卒業生を囲んで夕食懇親会。さらに老神温泉郷の螢狩。宿に戻って二次会。

翌朝は宿の近くの朝市、さくらんぼ狩り、吹割の滝を吟行。東洋のナイアガラとも呼ばれる幅広の滝はいつ見ても優雅で迫力あり。午後は句会。この体験で、初心者が俳句の旅の楽しさに目覚めてくれますように。

恍惚と墜つる光を追ふ螢

七月三日（月）　　【季語＝半夏生】

母は健在だったころ、選挙を棄権したことがなかった。「女が選挙権を得るために、どれほどの人々がどれほど努力したかを思いなさい」と言っていた。選挙のたびにその言葉を思い出す。昨日は東京都議会議員選挙の投票日だった。旅行中だったので、期日前投票をしましたよ、お母さん。

仮名多き選挙公報半夏生

七月四日（火）　【季語＝梅雨】

折口信夫教授を囲んで国文の学生達が語り合っていた時、最近すばらしい歌を作る新人が登場したと、一人がしきりに褒め称えた。黙って聞いていた折口信夫（釈迢空）は、で、その人はどんな歌を作るんだね、と問いかけた。思い出せずにうろたえた学生に、「そんな、人に一首も覚えられないような歌人は、たいしたことはありませんね」と一言のもとに退けた。学生の頃、山本健吉氏の講演会で聞いたこの話が、私の心をいまだに捉えている。

梅雨深きいろこの宮に醒めたるか

七月五日（水）

【季語＝氷旗】

店の間口も柱も縁台も、醬油で煮しめたような色をしているのに、氷旗だけは新調したてと見える。鎌倉の長谷で見かけた光景。あのデザイン、昔から変わらない。定型みたいなものか。

掛茶屋の氷旗のみ新しく

【季語＝夏芝居】

七月六日（木）

世田谷パブリックシアターで「子午線の祀り」を観る。群読の響きが耳に残っているうちに、『平家物語』を読み返そう。

群読の怒濤と響動《とよ》む夏芝居

七月七日（金）　　　　【季語＝白靴】

横浜の名所を巡る「あかいくつ号」は、レトロ調の赤い市営バス。大人料金百円だったのが、昨秋値上げして二百二十円に。一日乗車券は五百円。今日のヨコハマ句会は、これを利用して吟行。夏が苦手な私の提案。

白靴や乗り降り自由切符得て

七月八日（土）

【季語＝髪洗ふ】

今日の「文芸選評」の兼題「髪洗ふ」の選句をしていて気づいたこと。単に身体の一部を洗って爽快な気分になるだけではなく、人は髪を洗いながら様々なことを思っているのだ。この季語に託された心情、こめられた覚悟を汲みとることができる。
そう言えば、「手洗い」は手を洗うだけのことではない。「顔を洗って出なおす」とか、「悪事から足を洗う」とか、「時に目洗いも肝要」とか言う。

書き出しの決まらぬままに髪洗ふ

七月九日（日）

【季語＝機織虫】

「スカラベ句会」の今月の兼題は「はたおり虫」。七夕にちなんだ出題だ。虫の詩人の館の奥本大三郎館主は、このほど『完訳・ファーブル昆虫記』全十巻全二十冊を完成された。三十年かかったと聞く。大きな業績を果たされた奥本さんに敬意と祝意の乾杯。

機織虫もの書く灯慕ひ来し

七月十日（月）

【季語＝螢袋】

この頃、家で天ぷらを揚げることが絶えて無くなった。コレステロールの数値が高く、注意しなければならないせいもあるが、先日、月夜野で食べた摘草料理の螢袋の花の天ぷらは可愛くておいしかった。すべり莧《ひゆ》のおひたしや、月見草のすまし汁も。

天ぷらの螢袋のほの甘く

七月十一日（火）　【季語＝梅雨の月】

寝苦しくて明け方目が覚めた。四時半は既に明るい。窓を開けると多摩の川風が通って涼しい。西の空に月齢十六日の残月がはかない光を放っている。こんなきれいな有明の月を見たのは久しぶり。句を考えているうちに小鳥たちの朝の挨拶が始まって、眠れなくなってしまった。

沈むべく浮きて枇杷色梅雨の月

七月十二日（水）

【季語＝夏大根】

蒸し暑くて食欲もない。そんな日は、冷凍しておいた豚しゃぶ用の薄切りを五、六片湯に放ち、氷水で冷やす。青い平鉢に載せその上に紫大根を鬼おろしでガリガリおろし、青じそを刻み、すり胡麻と散らす。胡麻油少々と、だし醤油をふりかけると、色も鮮かで食欲が湧く。数年前、草津で三百円で買った竹製の鬼おろしは、水分が分離しないすぐれもの。最も調法している調理器具だが、最近草津でも見かけなくなった。

鬼おろし乾く間もなし夏大根

【季語＝新生姜】

七月十三日（木）

雨の夜ふけの地下の居酒屋。谷中生姜と味噌、鯛の昆布締めと、桜えびのだし巻。店を出たら雨は小降りになっていた。梅雨はまだ明ける気配もない。

対酌といふも久々新生姜

七月十四日（金）　【季語＝涼し】

「日本の俳句が海外の詩人たちにいつのまにか伝えたのは、この即物的な対象把握と主観の抑制と凝縮の詩法、そしてそれによってのみえられる表現の輝きと喚起力の強さとであったのではなかろうか」（芳賀徹「ひびきあう詩心——俳句とフランスの詩人たち——」）

「件《くだん》の会」同人たちによるみなづき賞を、今年は芳賀徹氏に受けていただくことに。折しもパリ祭。御茶ノ水山の上ホテルで、芳賀さんを囲んでパーティー。

楽涼し窓に黒船来港図

七月十五日（土）　【季語＝空梅雨】

東京は雨の少ない日々だが、まだ梅雨は明けないらしい。洗濯物は乾いて助かるが、夏の水不足が心配。こんなに暑いのに、まだ蟬の声は聞かない。
ＮＨＫワールド「俳句マスターズ」の収録のため、山形へ。山寺で蟬の声が聞けるや否や。

空梅雨の鉄橋やけに響きけり

七月十六日（日）　【季語＝灸花】

予定表によると技術・製作スタッフの集合は早朝四時。私たち出演者は徒歩で山寺山頂に十時到着。着替え、メイクを終えて、十二時から撮影開始。十五時二十五分から、場所を移動して、ゲストと対談。撮影終了は十八時十分。撤収作業が三十分。一方ドローン撮影班は、三日前から現地入り。三十分番組にこれほどの手間暇がかかるのだ。スゴイ！

巡礼の杖に絡まる灸花

七月十七日（月）　【季語＝夏霧】

麓の山寺芭蕉記念館で、昨日の番組ゲストの俳優イッセー尾形さんを迎えてイベント「トーク・セッション.in山寺」。三百二十八年前、芭蕉と曽良が山寺に来たのは新暦七月十三日の午後二時五十分からのわずか一時間足らず。今もなおその跡を慕って世界中から人々が訪れる。俳句の力、芭蕉の力に惹きつけられてやまない、私もその一人。

夏霧や翁の辿り来たる道

七月十八日（火）

【季語＝ハンカチ】

水に浸して首に巻く冷感グッズ。保冷剤用ポケットつきのスカーフやタオルなど、さまざま試してみたが、今はスーパーでくれる保冷剤をハンカチに畳み込んで、駅まで歩く五分間、額や首筋にあてて、汗を押えることにしている。一日中屋外にいる時には役に立たないが、電車に乗るまでの間なら効果あり。これを忘れて出ると、駅に着くまでに滂沱の汗で、化粧も剝がれる。夏は嫌だ。

ハンカチを忘れ来しこと一大事

七月十九日（水）

【季語＝水着】

「俳句にあいにくはない」「俳句は全天候型」と口癖のように言っているが、真夏の日中の吟行は年々苦手になってきた。そこで冷房の効いている美術館、博物館、デパートなどを吟行地に選ぶことにしている。ホテルもいいだろう。でもランチやデザートを楽しんでいるうちに、句作がお留守になりそう。

二子玉川のデパート吟行。地下から屋上まで、句材に満ちていた。

飾られて海まだ知らぬ水着たち

七月二十日（木） 【季語＝初蟬】

今年の初蟬は山寺の山門で聞いた。にいにい蟬だった。山上で撮影中、いくたびも五月雨が注ぎ、時には白雨のさまをなすことも。夕方、雨が止むと谷の彼方から蜩の声が聞こえた。京都の風土を中心に編まれた歳時記では「蜩」は秋に分類されているが、みちのくでは、五月雨が降る季節に鳴くこともあるのだ。

閑さや岩にしみ入る蟬の声

は、蜩だったにちがいない。東京でも蟬が鳴き初めた。昨日、梅雨も明けた。

初蟬や杖出払ひし麓茶屋

七月二十一日（金）

【季語＝雹】

都心に雹が降った頃、京橋の句会場の窓も俄かに暗くなった。「雹」が夏の季語であることを久々に思い出した。直径五ミリ以上の氷塊と定義されているが、ニュース画面で見た雹は、ゴルフボールくらいあった。

駈け抜けてビルの密林雹打ち打つ

七月二十二日（土）　【季語＝ぬたうなぎ】

だだちゃ豆、だし、奴《やっこ》、芋煮など、山形名物を楽しんでいると、「由良あなごです」と、さらに一品。一見棒のようなものがぶつ切りになっている。あなごと言われたけど食感はこりこり、ぷりぷり。誰かがスマホで調べると「饅鰻《ぬた》」とわかった。深海に生息中の写真を見て「ウワア！」と座が沸く。すべて軟骨で、眼は退化、海水を一瞬に粘性にして獲物を捕食するとか。「この店のメニューでいちばん高いよ」と誰か。若者たちとの食事は楽しい。

今日の句会の兼題は「鰻」。

みちのくの夜空濃紺ぬたうなぎ

七月二十三日（日）　【季語＝滝】

高浜虚子が「武蔵野探勝」を毎月催したのは昭和五年八月。百回を数えたのが昭和十四年一月。見倣って知音の仲間と始めた「武蔵野みちの会」も今日で八十四回を数える。年に数回の吟行会だが、百回の目標も見えてきた。平成の武蔵野は八十年前とはかなり様変わりしたが、その対比も興味深い。今日の吟行地は等々力渓谷。不動の滝の轟《とどろ》きが地名の由来とか。全長わずか一キロなれど東京二十三区唯一の渓谷と聞くと、世田谷区民としては誇らしい。

名ばかりの滝といへども絶ゆるなく

七月二十四日（月）

【季語＝青水無月】

仲間の久保隆一郎さんは齢《とし》の数だけ映画を観ることを毎年の目標にしていた。俳句を始めてからその目標が達せなくなったと嘆いている。加齢のせいもあると思うけど。彼の推薦に従って私はテレビを録画している。暑い日は「おうち映画」に限る。今日は「パーマネント野ばら」。なんでこれがおすすめなんだろうと思いながら観ていたが、最後の十分で謎が解けた。映画を観て泣いたのは久しぶり。

青水無月灯さねば身の透くごとし

七月二十五日（火）

【季語＝矢車菊】

「江ノ電のりおりくん」と鎌倉吟行。一日乗車券六百円で、飲食割引などの特典つき。終点まで冷房車で往復して、一駅一句を試みるか。海が見える駅で降りてベンチで次の電車まで雲の峰やヨットを見て句作するか。天気次第、気の向くまま。いちばん前の席に坐れたら、降りたくなくなる。

矢車菊老嬢ひとり棲むならむ

七月二十六日（水）　　【季語＝ブルーベリー】

群馬の「しののめ句会」の句稿はこのごろクール便で届く。俳句はなまもの、というわけではなく、尾瀬市場農産物直売所の野菜や果物と共に届くからだ。利根町中村さんの夏大根、沼田市佐々木さんのオクラ、片品村後藤さんのいんげんと、千明さんのズッキーニ。箕郷町清水さんのゴーヤ、白沢町坂口さんのバジルとおかひじき。親戚がたくさんできたみたいで嬉しい。今月はおいがみブルーベリー園金子さんのブルーベリーも。

山水を吸うて大粒ブルーベリー

七月二十七日（木）　【季語＝膳に露打つ】

赤坂の「峰村」で句会。前身は富士通の関西に単身赴任中、俳句に目覚めた人々の集まり。二〇〇〇年には「俳句作り仲間作り」の共著も出版した。あれから二十年、新メンバーも迎えて毎月句会の後の座談も盛ん。政治、経済、旅行、文化と幅広い話題の中心は大黒華心さん。昨夜は女将の配慮で「膳に露打つ」という季語を目のあたりにした。席題でもう一句。

露打ちて膳の漆黒艶ましぬ

【季語＝戻り梅雨】

七月二十八日（金）

昨日より気温は十度低い、と天気予報。では長袖か五分袖かと服装を迷っているうちに汗が出る。服に合わせてバッグを変え、中身を詰め替え、ハンカチ、晴雨兼用傘、サングラス、虫よけスプレーを点検。戸閉まり、エアコンは消したか、鍵は、スマホはどこか、うろうろしているうちにさらに汗。結局フレンチ袖に着替え、長袖の上衣を摑んで出ると雨は本降り。長傘をさして、梅雨は明けたんじゃなかったのか、と呟いたところで、汗は引かない。

出支度にかかる暇《いとま》も戻り梅雨

七月二十九日（土）

【季語＝水団扇】

「水団扇」というものを鳩居堂で見かけた一人が句会に持参してくれた。説明書によると、長良川の鵜飼を見ながら団扇を流れに浸して煽いだのが、ことの起こりだとか。美濃で漉いた雁皮紙に仮漆《ニス》を施し、水に濡れてもふやけない。細身のそれには朝顔が三輪描かれている。私も欲しいと思ったが、値を聞いて、風だけ浴することに。心なし涼しかった。

金沢の絵師の青透く水団扇

七月三十日（日）　【季語＝緑さす】

いつの頃からか、午後コーヒーを飲んだ日は夜中に目が覚めてのち眠れなくなった。三時以降はコーヒーを飲まないように心がけたら、安眠できるようになった。今は午前中だけにとどめている。体質は年齢とともに変わるものだ。

緑さす手書きメニューにハーブティー

七月三十一日（月）　【季語＝アイスティー】

青春時代、新婚時代、子育て時代、兼業主婦時代、専業俳人時代……時々昔を顧みる。子育て時代は長く、忙しく、充実していたが、子育てはライフワークにはなり得ない。それだけに遠望して眩しい。

アイスティーにはアールグレイ。マリアージュ フレールのプロバンスとフレンチが今の気に入り。子育て時代にはできなかった贅沢。

アイスティー甘し子育て時代遠し

八月

八月一日（火）

【季語＝夏期講座】

俳人協会主催の夏季俳句指導講座で、現役の高校の先生方に「俳句の魅力」を語る。高校の頃から句作を始めた私が、半世紀以上も俳句のとりこになっているのは何故だろう。改めて考えてみると、それは句会の魅力にとりつかれたからではないか。先生方も先ず俳句を作って、句会を体験していただきたい。教室でも句会をしてみてはいかがだろう。

教科書の俳句忘れよ夏期講座

八月二日（水）

【季語＝髪洗ふ】

角川「俳句」創刊六十五周年記念「戦後俳壇百年に向けて」のための座談会「俳句のいまとこれから」。現代俳句協会の宮坂静生会長と、対馬康子氏、俳人協会の大串章会長とともに、戦後俳壇七十年を振り返り、俳壇の未来について語る。その七十年のうち、五十年を見てきたことになる。

語るべきこと何々ぞ髪洗ふ

八月三日（木）　【季語＝冷奴】

とうふは京都嵯峨野の森嘉のきぬごしが最高と思っていた。関西暮らしの頃は時々味わったが、東京では望めない。先日、山形で木綿豆腐の「だし」を食べ、久しぶりに木綿を買ってまねてみた。オクラ、茗荷、胡瓜、大葉を微塵切りにして、だし醤油で和えて冷奴に載せただけだが、あっさりしていて食が進んだ。なぜ「だし」と呼ぶのだろう、他の野菜も刻むのだろうか。

冷奴絹に如《し》かずと思ひしが

八月四日（金）

【季語＝暑し】

エルビス・プレスリーの「ブルー・ハワイ」を映画館で観たのは十代の頃だったか。憧れのハワイでの夏休が、次男一家とともに実現した。夜間飛行のホノルル着は同日の朝。

時差暑し夢の続きの如き海

八月五日（土）

【季語＝峰雲】

ハワイの空の第一印象。ちびっこたちがプールで遊んでいる間、椰子の葉陰で抜けるような青空を眺める。乾いた風が心地よい。

峰雲は元気筋雲は繊細

八月六日（日）　　【季語＝昼寝】

プールの水面にも、子供らのひたいにも、ビーチパラソルにも椰子の葉影。会う時も別れの時もアロハ。朝も昼も夜も眠れる。

昼寝覚めやらず気怠き椰子の風

【季語＝夏潮】

八月七日（月）

ホテルからウーバーでワイキキのファーマーズマーケットへ。採れたて、手作りの朝食を楽しみ、トロリーバスでビーチへ。潜水艦に乗ってエメラルドグリーンの海中世界を初体験。夕方ビーチの雑踏をあるいていたら、「たくみくん」と孫を呼び止める声。なんと保育園時代のガールフレンドだとか！

夏潮の沖の一線濃紫

【季語＝熱帯魚】

八月八日（火）

「ワイキキのサブマリン運行ルートには最大規模の人工漁礁群が設置され、ハワイの海洋生態系研究のための貴重な機会を提供しています」「アトランティス・サブマリンはバッテリー駆動なので汚染物質を水中や空気中に全く放出しません」日本語パンフレットより。旅客機や漁船の残骸をバタフライフィッシュやハワイアンオジサンやローニン鰺が自由に出入りする光景は超シュール。

熱帯魚潜水艇の窓にキス

八月九日（水）

【季語＝旱星】

滞在したホテルはミッキーマウスやプルートが朝から愛敬を振りまき、プールに子供らの声が溢れる。庭続きに広がる海は波も穏やか。腕白たちが喜びはしゃぐ姿を、ビーチパラソルの下で眺めているだけで幸せ。こんな時だ、余生の愉しみを知ることなく逝ってしまった夫がしきりに思われるのは。

南国の鳥は吼ゆるよ旱星

【季語＝サングラス】

八月十日（木）

私には時差ボケということがない。「ふだんから時差ボケみたいな暮らしかたしてるからだろ」と息子は言う。そうとも言える。立秋は過ぎたはずだが、今日の東京は酷暑！　体温を超えるとスーパー猛暑と言う、とテレビは報じていた。

大海を忘るるなかれサングラス

八月十一日（金）

【季語＝残暑】

熊蟬の声で目が覚めた。箱根を越えたと聞いていたが、いよいよ東京でも鳴き始めたか！　大阪で暮らしていた頃、毎朝この声で目覚めたものだが、あの頃は人生の夏だった。

取り敢えず荷物をまとめて草津号に乗り込む。中之条を過ぎたあたりの景色が好きだ。

山青し残暑の首都をのがれ来て

八月十二日（土）

【季語＝露】

近在の農園の採りたて野菜市が毎朝開かれる。胡瓜、茄子、幅広隠元、トマト、ブルーベリーを買い込んできた。茗荷がほしいと言ったら、お盆過ぎだね、と言われた。都会のスーパーでばかり買い物をしてると、きめ細かな旬を忘れる。

露踏んで高原野菜買出しに

八月十三日（日） 【季語＝盆花】

町まで出てゆけばスーパーもあるのだが、散歩のついでに寄る何でも屋が気に入っている。店先のバケツに盆花も活けてある。店番のおじさんも歳をとった。あちらも私をそう思っているだろう。毎夏やって来て、もう二十年になる。

盆花や遺作の壺を満たすべく

八月十四日（月）　　　　　　　【季語＝門火焚く】

長男がやって来て、一晩泊まっていった。今年は京都の夫の墓参を頼んだ。大文字を拝んでくると言う。京都が好きな息子が言うには「京都に行けることは親父の遺産だと思ってる」ありがたいことだ。

門火焚く生き写しとは声音にも

八月十五日（火）

【季語＝新涼】

朝八時と夕方五時に、町じゅうに「草津よいとこ〜」のメロディーが流れる。つい口ずさんでしまう。正午は普通の鐘。終戦の日。黙禱。

新涼やあしたの鐘も草津節

八月十六日（水）　【季語＝秋茄子】

山形料理「だし」について、山形出身の細谷喨々さんに聞いたところ、採りたて野菜を細かく刻んで、鰹節を入れて醤油をかけ、冷奴や炊きたてご飯にも載せて食べるのだとか。町のお豆腐屋さんで木綿豆腐を買ってきた。野菜を刻んだが、一人分とはままごとみたい。それでも多過ぎたので、ご飯にもかけた。ひきわり納豆も入れたら美味しそう。邪道かしら。

秋茄子我が身養ふばかりにて

八月十七日（木）

【季語＝秋の蟬】

原稿は午前中書き、午後は選句。早めに終わった日は温泉街へ散歩。日のあるうちに温泉に浸かり、地ビールを飲んで、夜は読書。草津滞在中の理想だが、その通りに過ごせた日はわずか。それでも秋をじゅうぶんに実感した。

書きものは午前の仕事秋の蟬

八月十八日（金）　　【季語＝初秋】

「日々、人間は素顔をさらして生きているのではない――敗戦の際、少年の胸に宿った思いは、後年、阿久悠という作詞家の視点の根幹となる。」（三田完『不機嫌な作詞家』より）

俳句甲子園の審査員として松山へ。今夕は組み合わせ抽選会。

雲突き抜けて初秋の大気圏

八月十九日（土）

【季語＝秋の初風】

今年で二十回を数える俳句甲子園に立ち会って、十年になる。この俳句大会ほど汗と涙を流す会はない。初日の今日の会場は、大街道商店街。道行く人も立ち止まり、熱戦に拍手を送る。勝っても負けても涙の高校生たち。審査員席で拭うのは汗だけではない。

秋の初風街道を出外れて

八月二十日（日）　【季語＝爽籟】

合図と共に垂れ幕が下り、大書された俳句を起立して読み上げる瞬間が好きだ。俳句は無論勝ち負けではないが、こうして競い合うことで刺激され、磨かれ、志が育ってゆくのだ。
爽やかな風に吹かれるような句に毎年出会う。

爽籟や音読の句の立ち上がる

【季語＝扇捨つ】

八月二十一日（月）

俳句甲子園で今年出会った句。
「髪洗う姉のお下がり脱ぎ捨てて」和歌山県立桐蔭高校、松本梓紗。
「敗北の砂混じりたる髪洗ふ」海城高校、青木暢也。
「百合の白濃くなる祖母の旅立つ日」熊本親愛女学院高校、川口由樹恵。
今年の最優秀賞は、
「旅いつも雲に抜かれて大花野」開成高校、岩田奎。
そして今年の優勝校は開成高校。

扇捨つ明日の我を恃むべく

八月二十二日（火）

【季語＝無花果】

子供の頃、庭に無花果の木が二本あった。父が植えたものだった。登って毎日捥いで食べた。だから無花果なんて買う物ではないと思ってきたが、この頃は店先に出ると必ず買って、毎朝食べる。その味に父母が若かった頃が思い出される。

ビルマから帰還した父が結婚して、戦後のベビーブームで生まれたのが私。団塊の世代も古希を迎える。

無花果や弾傷ありし父の胸

八月二十三日（水）　【季語＝秋口】

「苦髪楽爪」を広辞苑で引くと、「苦爪楽髪」ともいう、と書かれている。日本国語大辞典には、そ知らぬ顔で両方が載っている。ハワイで休養したおかげか、髪の伸びが今月は速い。生え際の白髪を放っておけず、いつもより早目に美容院へ。美容師さんに「苦髪」か「楽髪」か聞いてみると、「日付変更線を越えた方は、伸びが速いようです。」関連があるのか否か。爪の伸びは今月、心なし遅い。

秋口の鏡すみずみまで澄みて

八月二十四日（木）

【季語＝落蟬】

しばらく留守をしていた間に蟬が訪れたらしく、玄関前でこと切れていた。掃いて捨てる気にはなれないので、そのままにしている。蟬声が挽歌のように降り注ぐ。

この頃よく落蟬を見かけるが、不思議なことに歳時記には見当らない。

風葬を待つ落蟬よ天仰ぎ

【季語＝法師蟬】

八月二十五日（金）

連日つくつくぼうしの声を聞いていると、言い訳がたくさんあって、行動に移さない人を見ているようだ。黙々と句を作り、毎月句会を楽しみ、好不調や不如意を言い立てない仲間に恵まれていることは幸せだ。昨夜はかずのこ会。今日は池袋コミュニティセンターの句会。明日は同人会。つくづく私は句会が好きなのだと思う。句会でしか伝えられないことがある。

言尽し心尽さず法師蟬

八月二十六日（土）

【季語＝秋】

筆を加える、染める、折る、断つ、執る、拭う、走らす、揮う、尽くす。様々な言葉があるものだ。筆を持たぬ日とてないが、曲げることだけはするまい。「筆を呵す」という語を初めて知った。冬の夜、文字を書く時に筆先が凍るのを、息吹きかけて温めることだとか。

入る擱《お》く起こす抛《なげう》つ筆の秋

八月二十七日（日）

【季語＝秋暑し】

書類整理が進まないことも、選句が捗らないことも、机上に堆積物が増えるのも、すべてこの暑さのせいだ。夏の間の暑さはまだ耐えられるが、秋になったのに、と思う分だけこの頃の暑さは応える。

汗をふきふき冷房車に乗ったら、次の駅でほんの少し行きすぎた。これも秋の暑さのせい。修正する時、電車が「やれやれ」と声を上げたようだった。

秋暑し電車の停止位置ずれて

八月二十八日（月）

【季語＝葛の花】

午前中渋谷でひと仕事終えてから、草津へ。高崎まで新幹線で行き、吾妻線に乗り換えて一時間半。各駅停車は特急では見過してしまう沿線の景色が楽しめる。渋川を過ぎたあたりからの単線の駅がいい。山の中なのに「金島」「祖母島」「岩島」の駅の名は何故だろう。プラットホームの端に、コスモスや芒や葛がしのび寄っている。ひと駅一句を志して十八句。途中で睡魔が乗り込んできたら逆わない。

葛の花雫ふり分け吾妻線

八月二十九日（火）　【季語＝秋桜】

夕刻から森の小さな音楽堂へ。草津夏期国際音楽アカデミーも今年で三十八回目。ここの開演合図もクラシック調草津節。今日はタマーシュ・ヴァルガのチェロの世界。フォーレの「夢のあとに」、シューベルトのソナタ・イ短調が楽しみ。私の部屋には、ここで買ったCDが溜まりはじめた。コンサートが終わる頃、音楽堂は霧に包まれる。

山の雨直情秋桜純情

八月三十日（水）　【季語＝熊棚】

夫と林を散歩していたら、背広姿の紳士と出会った。「あのブナの木の枝に、小枝が溜まっているでしょう。熊が団栗をむしって食べては、枝を尻の下に敷いた跡です。ターザン気分で、も少し近くに寄ってみませんか」と、木から木へ張ったワイヤーで数十メートル宙乗りをさせてくれた。それが温泉リゾート村を統括するN社長であったことを後に知った。マンションの壁の「熊目撃情報あり、注意」の貼紙に、十二年前の思い出が甦る。その後経営者は変わり、私の散歩の連れも今は亡い。

領主なりき熊棚示しくれたるは

八月三十一日（木）

【季語＝露けし】

上州ゆめぐり号で伊香保へ。途中の停留所で家族と見える四人が待っていた。全員乗ってくるのかと思いきや、乗車したのは二十歳前後の娘さんだけ。お父さん、お母さん、高校生らしい弟くんは、窓の下で見送り。小さく手をふっていた娘さんは、しばらく下を向いていたが、やがてスマホを取り出して集中し始めた。

今日は夏休み最終日。明日から又新たな生活が始まる。このバスの終着はバスタ新宿。

露けしや吾妻《あがつま》郡《ごほり》灯しごろ

九月

【季語＝松虫草】

九月一日（金）

今日は竹久夢二の命日。夢二忌俳句大会が伊香保で開かれる。午前中は榛名湖を吟行、午後から句会と表彰式。湖畔に夢二のアトリエが今も保存されている。夢の名残のように。

松虫草夢二の庭にさしのべて

【季語＝山霧】

九月二日（土）

九月になったのに、東京に戻ったのに、句ごころはまだ草津。置いてきた本のうちの一冊、『永田和宏作品集Ⅰ』より。

とりあえず眼鏡のあわぬ所為《せい》にして眼精疲労も疲れの一部

ああ、こんな時は疲れを詠めばいいのだ。

常夜灯目がけ山霧籠めきたり

九月三日（日）

【季語＝虫】

窓の下で虫が夜通し鳴いている。音楽祭が終わってしまった音楽堂は、来年まで閉ざされたままなのだろうか。今ごろ虫たちの音楽祭が始まっているだろう。

虫集く音楽堂の音も消えて

九月四日（月）　【季語＝秋の風】

来週の「俳句マスターズ」の北海道ロケのため、打ち合わせ。渋谷のセンター街を歩いていても、一週間前とは違う風を背中に感じる。ショーウィンドウはすっかり秋の色。

雑踏の隙間絶え間を秋の風

九月五日（火）　　　　　　　　　　　　　　【季語＝黒葡萄】

毎年この時期になると葡萄を送ってくれる仲間がいる。ひと房がずしりと重たい。秋は秘かに実を結び、静かに熟しているのだ。盆地の葉蔭で、山中の木下で、水辺の岩間で。この俳句日記も九か月目。毎日のひと粒ひと粒は、粒揃いではないけれど、月ごとに確かに房を成している。一日一日を大切に生きよう。

銀盤に横たへけぶる黒葡萄

【季語＝吾亦紅】

九月六日（水）

この花を見ると思い出す歌。

吾木香《われもかう》すすきかるかや秋くさのさびしききはみ君におくらむ　若山牧水

今年は榛名山の麓の花野で見かけた。思い出す句は、

吾《われ》も亦《また》紅《くれなゐ》なりとついと出で　高浜虚子

ところが歳時記の例句には「吾も亦紅なりとひそやかに」となっているものもある。何故だろう。

吾亦紅思ひつめたる色に凝り

九月七日（木）

萩の花尾花葛花瞿麦《なでしこ》の花
女郎花また藤袴朝貌の花

【季語＝秋七草】

『万葉集』の山上憶良の歌は旋頭歌だ。民謡的な謡い物が多いというが、どんな節をつけて歌っていたのだろう。花を摘みながら、あるいは恋人に手渡しながら。五・七・七の音韻は、俳句の親戚。祖先かも知れない。

憶良らの秋七草の節《ふし》いかに

九月八日（金）

【季語＝秋薔薇】

横浜の外人墓地の一角に、十九歳で世を去った異国の人の墓がある。蔓草の模様に縁取られたその墓には、いつも薔薇の花が供えてあった。ヘルベルトと刻まれた青年のために、両親が墓参を欠かさないのだろう、と想像していた。いつの間にか墓地の生垣が丈高くなり、その墓を垣間見ることも叶わなくなった。今日はヨコハマ句会。港の見える丘公園を吟行。

早世の墓標老いたり秋薔薇

【季語＝秋の夜】

九月九日（土）

世田谷のシアタートラムで、「クライムズ・オブ・ザ・ハート――心の罪――」を観る。ミシシッピ州南部の田舎町で育った三姉妹の、責任と不安と秘密が織りなす劇。この頃、寝る前に読んでいる角田光代の『空中庭園』は、東京郊外のニュータウンで暮らす家庭の秘密と闇の物語。観劇のあとは、いつものように居酒屋の二階へ靴を持って上り、歓談。

ピストルが鳴つて暗転秋の夜

九月十日（日）

【季語＝走り蕎麦】

午前中のラジオ「文芸選評」を終えて羽田空港へ。「俳句マスターズ」の出演者スタッフと千歳空港へ。仕事の予定がふたつ重なると、何かしら忘れ物をする。荷物が三つになると一つ置き忘れる。歳のせいにはしたくないが、今回も忘れ物に気づいた。

搭乗に一時間あり走り蕎麦

九月十一日（月）

【季語＝秋思】

札幌大学のキャンパスで、「俳句マスターズ」の公開イベント。写真家の中西敏貴さんの作品と俳句のコラボレーション。札幌の空は広い。雲は高い。

漕ぎ寄せて樹樹の秋思を乱すまじ

九月十二日（火）

【季語＝秋耕】

美瑛の中西さんのアトリエに伺って、庭から十勝連峰を眺めつつ番組収録。周辺のパッチワークのような畑の起伏を吟行。この辺りでは一週間刻みで季節が移りゆく、とは大阪から移り住んで六年目の中西さんの話。

秋耕の一昨日の畝今日の筋

九月十三日（水）　【季語＝露草】

道端の雑草に交じって、露草がぱっちりと瞠《みひら》くように、羽を精一杯開くように、咲いている。駅までの坂道に、バス停の足元に、ポストのほとりに。健気なこの花に見送られると、今日も一日新たな気持で張り切ろうと思う。

移りゆくことをば知らず言のはの名さへあだなる露草の花　西行

名ははかないが花期は存外長い。

露草の凜々と町目覚めけり

九月十四日（木）　【季語＝夜長】

二子玉川の再開発からとり残されたように、地区会館の二階屋はひっそりと建っている。うす暗い玄関でスリッパにはきかえて、なお暗い階段を上った会議室に、仕事帰りの十数人が集まって、「かずのこ会」の句会が開かれる。和子の会を捩った命名。発会の頃、四十五歳のビジネスマンだった人々も定年を迎え、古稀を越え、私自身も日が暮れてから都心に向かうのはしんどくなったので、この会場に変えたのだが、ここも建て替えが決まって、今宵限り。来月から又、会場探しが始まる。

灯を惜しみ言葉を惜しみ夜は長し

【季語＝貧乏蔓】

九月十五日（金）

名も無き花というものはないが、秋の千草の花のすべてを表わす「草の花」という季語がある。歳時記を読んでいるだけで、秋の野の花を分けて歩いてゆくような気分になる。荒地野菊、狐の剃刀、桔梗、千屈菜《みそはぎ》、釣鐘人参、水引の花、釣船草、みせばや、思草、鳥兜、ぬめり草、鼠の尾……心惹かれる名も、気の毒な名も。

花上げて貧乏蔓邪気もなし

九月十六日（土）

【季語＝後の更衣】

「知音」の勉強会で、今年は岐阜県関市の小瀬の鵜飼を見に。郡上八幡の吟行と合わせて二泊三日の旅。長良川上流の夜はすでに肌寒いかも知れない。天気予報は、句会場は和室か洋室か。レインコートは、カーディガンは、スカートは。旅支度は楽しいが、今月のように毎週末ともなると、ややや面倒。しかも北海道から九州まで。旅先によって、気候によって装いを変えることを楽しもう。

旅支度ついでの後《のち》の更衣

九月十七日（日） 【季語＝牧水忌】

三年前の今日、母が他界した。満九十歳だった。この日が牧水忌であることを今年になって気づいた。母は私が小学生の頃から短歌に親しみ、長い間「アララギ」の一投稿者だった。母が歌を詠んでいなかったら、中学生の私が啄木の歌に惹かれることもなかったかも知れない。

子に言はれ新しき広辞苑購《あがな》ひぬ老いゆく中の励みとしつつ
それぞれに仕事を持ちて励みゐる子等に言ふべき言葉選びゐる

是松寛子歌集『清心』より。

母も一作者たりけり牧水忌

九月十八日（月）

【季語＝疲れ鵜】

日が暮れると河原に鵜匠たちが焚き火を育てる。それを分かちて二艘の鵜舟が滑り出す。対岸の山は真の闇。雨脚を縫って虫時雨が響く。水の上からも漆黒の空からも。こんなにさみしい鵜飼は初めて。美濃は嵐の前の静けさ。

しとど濡れたり疲れ鵜のこぼれ羽も

【季語＝獺祭忌】

九月十九日（火）

明治三十五年のこの夜は、十七日の月が明るかったと虚子の句に残っているが、今宵は文月の晦日。享年三十五とは。母堂八重のそののちの歳月を、この頃思う。

その母の無念やいかに獺祭忌

九月二十日（水）

【季語＝秋声】

台風十八号の襲来で、郡上八幡への吟行をとりやめ、関市をじっくり吟行。円空館、円空入定塚、墓所を巡った。関鍛冶伝承館では、包丁を買い、研ぎ方を教わった。

木っ端とて仏性葉擦とて秋声

【季語＝冷まじ】

九月二十一日（木）

円空は北海道から近畿を遊行し、生涯十二万体の像を彫ったという。私は生涯何万句を詠むことだろう。

冷まじや己が修羅を彫り出だし

九月二十二日（金）

【季語＝天高し】

大井町から京浜東北線に乗ったら、車内にいい香り。目の前に浴衣姿のお相撲さんが、風呂敷包みを提げて立っていた。まだ髷も結えぬほどの短髪だが、鬢付け油はたっぷり。午前中の場所入りなのだろう。上位陣の休場が目立つ今場所だが、次の時代を担う若者よ頑張れ！

散切《ざんぎ》りの鬢付け馨れ天高し

九月二十三日（土）　【季語＝曼珠沙華】

彼岸花は時をあやまたず一気に一斉に花ひらくから不思議だ。京都へ向かう新幹線の窓から、色づいた稲田があれば必ず赤い花が見える。飢饉に備えて植えたと聞くが、その根を食べたことのある人の話は聞いたことがない。

曼珠沙華噴出伊吹山鬱勃

九月二十四日（日）　【季語＝秋彼岸】

秋分の日の黒谷は墓参の人々で賑わっていた。早くも桜紅葉が始まり、真如堂への道を歩いて行くうち、木犀の香がそこはかと漂ってきた。境内は萩の花ざかり。

逆賊の墓にも気配秋彼岸

【季語＝萩】

九月二十五日（月）

黒髪の乱れも知らずうち臥せばまづかきやりし人ぞ恋しき　和泉式部

真如堂の萩叢を見ていると、この歌が思い出された。

白 露 や 何 の 果 な る 寺 男　松本たかし

この句も毎年思い出す。

紅萩の乱れ掻き遣り寺男

【季語＝木犀】

九月二十六日（火）

京都から戻って夜の駅を出て坂道を下ると、わが町にも木犀が咲き始めていた。あたりは一面の虫時雨。「暑さ寒さも彼岸まで」ってホントだ、と毎年思う。

いちはやき木犀の香に歩を緩め

九月二十七日（水）

目は霞み耳に蟬鳴き葉は落ちて髪に霜置く年の暮かな

江戸時代の禅僧仙厓の歌と聞くが、身体の衰えを季語を巧みに折り込んで詠み上げた傑作。眼科の定期健診で、視野検査を受けた。私の視野には蚊がさかんに飛んでいる。帰り道、蟬が鳴いていたが、これは耳鳴りではない。

【季語＝梨】

梨むくや関の薄刃を光らせて

九月二十八日（木）　　【季語＝秋潮】

Ｎ響定期公演へ。サントリーホールが耐震工事だったため、約半年ぶりの演奏会。カラヤン広場の滝音も、集う人々のさざめきも何となく昂っている。パーヴォ・ヤルヴィの指揮で、今宵はすべてバルトーク。

秋潮のふくらみきたりバルトーク

【季語＝秋草】

むらさきの秋草絶えず立子墓所

九月二十九日（金）

寿福寺へ初めて行ったのは昭和四十一年の秋。慶大俳句の先輩本井英さんが、玉藻の句会に連れていって下さった。笹目のお宅で、星野立子そのひとに初めてお会いした。虚子の墓前にお参りしてから、本堂で句会が始まった。お墓というより祭壇のようだ、と思った。虚子の没後十年も経っていなかった頃のことだ。

今月の窓の会の吟行は寿福寺。虚子には竜胆、立子には土耳古《トルコ》桔梗が供えられていた。

九月三十日（土）

【季語＝女郎花】

今月の「知音」同人会の兼題は女郎花。東京ではめったに見られなくなった花だ。植物園に行ったり、花屋で買ったり、同人たちは苦心しているらしい。私は毎年八月に草津でこの花を見かける。道ばたや崖っぷちに淋しげに、しかも目に立つ色に咲いている。
平城帝の頃、小野頼風の心変わりに絶望した女が、いつも身につけていた山吹襲《がさね》の衣を脱ぎ捨てて八幡川に身を投げた。その衣が朽ちたあとに女郎花が咲き乱れたのだとか。句会後、最終便で宮崎へ。

転生ののちも恨むか女郎花

十月

十月一日（日）　【季語＝萩の実】

宮崎観光ホテルの、俳人協会九州俳句大会に招かれて講演。演題の「俳句生活五十年」は、

萩を見る俳句生活五十年　虚子

から拝借した。若い頃は不思議な句、と思って読んだが、その後、毎年萩が咲くと思い出す。初心の頃から詠んでいるのに、必ずその花に佇って句帳をひらく。いつの間にか私の俳句生活も五十年を超えた。九州各地から二百四十人が参加。

まつはれる蝶いつか無し萩は実に

十月二日（月）

【季語＝月光】

お隣の「短歌日記」の伊藤一彦さんへ返句。空港からの道路も、街の並木も、ホテルの窓の下の大淀川のほとりもフェニックス。南国の象徴のように心地よさそうにそよいでいる。夜々に満ちてゆく月が光を増して、西方の山に傾いてゆく。空が広い。

月光に塗れて雄々しフェニックス

十月三日（火）

【季語＝秋日傘】

今日はいいことがありそう、と思う時。駅までの信号がすべて青だった朝。赤信号でも咲き初めた花に気づいた時は嬉しい。たとえ藪枯らしやへくそかずらでも。プラットホームに着くやいなや乗るべき電車が滑り込んで来た時。座席がひとつだけ空いていた時。座ったら向かいにイケメンがいた時。

古具屋の鉢にさしかけ秋日傘

十月四日（水）

【季語＝待宵】

テレビを消し、ＣＤもかけず、窓を開けると、八方の虫時雨。今読んでいるのは山本淳子著『枕草子のたくらみ』時を忘れて引き込まれる。清少納言も中宮定子も、この月を眺めていたのだ。千年前も虫は奏でていたに違いない。

待宵の時満たすべき一書かな

十月五日（木）　【季語＝望の月】

築地の聖路加タワーの最上階のレストランには、広々としたウッドデッキがある。設計の工夫で柵も手摺も目立たない屋上は、天空に張り出した舞台のようだ。夜空の異空間で、細谷喨々さんとその句仲間と仲秋の名月のうたげ。ワインの酔いがほどよくまわってきたころ、雲間から大きな月が昇ってきた。

東京の光うち延べ望の月

十月六日（金）　【季語＝十六夜】

「東《あづま》にて住む所は、月影の谷《やつ》とぞいふなる。浦近き山もとにて、風いとあらし。山寺のかたはらなれば、のどかに、すごくて、浪の音、松風にたえず。

めぐりあふ末をぞ頼むゆくりなく空にうかれしいさよひの月

（阿仏尼『十六夜日記』）

この山寺は鎌倉の極楽寺だという。阿仏尼の墓と伝えられる碑は、横須賀線の鎌倉駅と北鎌倉の間にある。

十六夜や句会ののちも卓囲み

十月七日（土）

【季語＝立待月】

ヨコハマ句会で野毛山動物園吟行。子供たちが小さかった頃、最初に訪れたのがこの動物園だった。以来三十数年ぶり。あの動物たちは、夜中はどんな風に過ごしているのだろう。月光を浴びると豹変する気がする。

獣らに立待月の影あをし

十月八日（日）　【季語＝居待月】

「知音」新春鼎談の来年のゲストは小説家の三田完さん。学生時代にアルバイトしていた三田の店に、池田弥三郎教授や清崎敏郎先生がいらしていたという。俳句小説『俳風三麗花』の話題から、ＮＨＫテレビのプロデューサー時代の話題、さらには学生時代の思い出まで、録音テープが止まったあとも話は尽きない。三田さんは女性俳句の黎明の代表的存在、長谷川かな女のお孫さん。

追憶の三田仲通り居待月

十月九日（月）　【季語＝寝待月】

宮崎で会った仲間から焼酎が送られてきた。宮崎での飲みっぷりを見られてしまったらしい。最近、家ではもっぱらノンアルコールビールなのだが、「さらにその原酒を永い間、静かにひっそりと眠り続けさせることにより、まろやかで風味豊かな焼酎へと熟成させていきます」という函書きに惹かれてしまった。

白玉の歯にしみとほる秋の夜の酒は静かに飲むべかりけれ

牧水の歌も口をついて出る。その名は「百年の孤独」。

名に賞でて口切りにけり寝待月

十月十日（火）　【季語＝更待】

むかしから宵っ張りの朝寝坊である。心地よい秋の夜はことさら。「ひとり燈火のもとに文《ふみ》をひろげて、見ぬ世の人を友とするぞ、こよなうなぐさむわざなる」

兼好法師の言葉が心に沁みるのもこの頃。今宵の月はいかに。

「望月のくまなきを千里《ちさと》の外《ほか》まで眺めたるよりも、暁近くなりて待ちいでたるが、いと心深う、青みたるやうにて、深き山の杉の梢に見えたる木のまの影、うちしぐれたるむら雲がくれのほど、またなくあはれなり」

（『徒然草』）

更待や彼方の窓もまだ寝ねず

十月十一日（水）

【季語＝小鳥来る】

武蔵野みちの会で不忍池から旧岩崎邸を巡った。コンドル設計のイギリス・ルネサンス様式の洋館の重厚な階段を上り、主《あるじ》のいなくなった居間や食堂を覗くと、テレビドラマ「ダウントン・アビー」や、カズオ・イシグロの『日の名残り』の世界の遺構を見る思いがする。庭にスイスの山小屋風の撞球室が遺っていて、贅沢でハイカラな人々の声やビリヤードの残響が聞こえるようだ。

小鳥来る撞球室の窓高く

十月十二日（木）

【季語＝蜻蛉】

郵便局と、銀行と、本屋とデパ地下へ。バスにも電車にも乗らない日。急がなくてもいい日。多摩川べりの道を歩いてみる。

蜻蛉や今日はどこへと問ふやうに

十月十三日（金）　【季語＝柿】

父は私たち娘に柿を食べさせることを嫌った。たまに剝いてくれる時は、ぶ厚く皮を剝き、蔕《へた》のところや芯をごっそり除いたものをせいぜいふたかけら。食べすぎるとおなかを冷やすから、と言っていた。父が子供だったころ、弟が庭の柿の木に登って食べ過ぎて亡くなったのだ、と母から聞いた。いまだに柿を剝く時、父の声が聞こえてくる。柿は大好きなのだが。

柿剝くや父の言葉の蘇る

十月十四日（土）

【季語＝すがれ虫】

ひと雨ごとに虫の音が減ってきた。夜道を帰る途中、草陰にリリ、リリ、と絶えだえに鳴く虫。今夜が最後だろうかと思っていると、翌日も同じ所で同じように鳴いている。数日後にはこの声も聞かなくなるだろう。

心止め足は留めずすがれ虫

十月十五日（日）

【季語＝蓮の実飛ぶ】

「蓮の実飛ぶ」という季語があるが、飛んだ瞬間は見たことがない。蜂の巣状になった萼《うてな》の穴から、熟して黒くなった種子が飛び出す、と歳時記にはある。いつ、どんな風に飛ぶのか、想像してみると楽しい。不忍池の蓮たちは、夜中に潜望鏡のように花托を伸ばし、ひそかに実を飛ばしあっているのかも知れない。

鯉跳ねて蓮の実飛んで日曜日

十月十六日（月）

【季語＝秋湿り】

川端康成の小説に、梅雨の夜に娘たちが恋の思い出を語り合っていると、父親が重い空気を払うように中国のお香を焚いてくれた、という場面があった。この頃の雨つづきで、家の中の空気も重たい。夫の遺作の香炉にお寺から届いた「藤袴」を焚いたら、香の烟が下へ流れた。こんな夜は何を読もう。

書を選び香をえらみて秋湿り

十月十七日（火）　【季語＝秋の雨】

月末の朗読会のため、『源氏物語』の名場面を毎晩音読。林望さんとの会もいよいよ「若菜」に至った。光源氏の運命が暗転するくだり。王朝の女性たちも、秋の雨夜のつれづれに、母親の声に耳を傾けていたことだろう。「さかさまにゆかぬ年月よ」のあたり、我ながら声が陰々滅々としてくる。この一言で、柏木は死の床に着いてしまったのだから。

音読は呪術に似たり秋の雨

十月十八日（水）

【季語＝鵙】

雨が上ると鵙が待ってましたとばかり鳴く。あの烈しさは相手を呼ぶためか、敵を追っぱらうためか。はっきり間を置くのは、家並や木々の反響を聞いているのか。坂の町に鵙の声がよく響く頃になった。気がつけば蟬の声を全く聞かなくなった。

鵙叫ぶ残響しかと確かめて

十月十九日（木）

【季語＝秋霖】

渋谷のショウゲート試写室で伊勢真一さんの「やさしくなあに」を観た。「障がいをもちながらも元気に生きる奈緒ちゃんを撮りつづけて35年、そこに写っていたのは〝家族〟でした」。作品を作りつづけることでテーマが見出される。俳句も同様かも知れない。伊勢さんのドキュメンタリー作品は、とても俳句的だ。説明しない潔さ、さりげない季節の発見、あるがままを写して本質を洞察。

試写室を出て秋霖の街単色

十月二十日（金）

九月《ながつき》のその初雁の使ひにも思ふ心は聞こえ来ぬかも

（桜井王『万葉集』）

【季語＝雁渡る】

今日は陰暦長月朔《ついたち》。万葉の昔は多摩川にも雁が音が満ちていたことだろう。

秒針の高鳴る夜半を雁渡る

日本語の謎を照らして灯火親し

十月二十一日（土）　【季語＝灯火親し】

伊藤一彦さんの「短歌日記」に綴られていた橋本陽介著『日本語の謎を解く』を、早速アマゾンで取り寄せた。五・七・五はリズムがいいと誰が決めたのか。「は」「へ」と書くのに「わ」「え」と読むのはなぜか。なぜ男言葉と女言葉があるのか。かねがね不思議と思っていたことに答が与えられて興味津々。「氷」は「こうり」ではなく「こおり」なのに、道路は「どおろ」ではなく「どうろ」なのはなぜ。先日の句会で長音の歴史的仮名づかいについて語ったばかりだ。

十月二十二日（日）　【季語＝林檎】

林檎甘し気随気儘を許されて

スーパーの店頭に息子の好物が出た、と手を伸ばすや、あの子は下宿を始めたのだった、と気づいて淋しい思いをしたことがあった。夫の好物を買わなくなってずいぶんになる。自分の好きなものを自分が食べるだけ買うことにやっと慣れてきた。嬉しいことのようだが、張り合いがない。買い物や料理は、喜ぶ家族の顔を思い描いてこそ甲斐があるのだ。

十月二十三日（月）

【季語＝茸汁】

寝起きには近視用の眼鏡をかけ、洗顔ののち遠近両用コンタクトレンズを嵌める。仕事中はその上に老眼鏡をかけないと、細かな文字が見えにくい。外出の際はサングラスが手ばなせない。風の町は小さなごみでもコンタクトには大敵。涙が止まらなくなり充血する。就寝前にコンタクトを外し、裸眼で文庫本を読むのが睡眠導入に効果的。今枕頭にあるのは澁澤龍彦の『高丘親王航海記』だが、面白すぎて眠れない。

茸汁吹いて曇らす鼻眼鏡

十月二十四日（火）

【季語＝台風】

衆議院選挙当日に台風二十一号が襲来し、開票が翌日に見送られた地方もある。それでも開票後三十分も経たぬうちに当選確実が報じられると、私の一票は見てくれたのだろうか、と気にかかる。選挙速報はどうも信じ難い。統計学上結果が予想されるというが、当選確実と報じられた人が、実は落選だった、ということはないのだろうか。

台風情報開票速報相乱れ

十月二十五日（水）　　　　　　　　　　【季語＝秋意】

紀伊國屋ホールでトム・プロジェクト プロデュースの「明日がある、かな」を観る。大小の劇場で、毎晩幕が開く舞台。日本にはいったいどのくらいの劇団があるのだろう。渡されるチラシを見る度に、俳句の結社とどちらが多いのかな、と思う。観劇のあと、中村屋でワインとカレーを楽しみつつ、あれこれ語る。

劇場を浸してゆきし秋意かな

十月二十六日（木）　【季語＝秋気澄む】

あのころのわが家族いまもアメリカで暮らす気がする　青い天球

小島ゆかりさんのこの歌の「アメリカ」を「大阪」に置きかえて口ずさむ。大気が澄む青天の日は殊に。息子たちは高校生と中学生。夫は働き盛り。あのころが私の女盛りだった。

旅立つは永劫回帰秋気澄む

十月二十七日（金）　【季語＝やや寒】

吉田兼好の言うとおり、ひとつの季節が終わってから次の季節になるのではない。こんな秋晴の日でも朝晩は冷え込む。戸口に道端に夜道に、夜半の寝覚めに、寒さが忍び寄っている。秋の終わりの季語は実にこまやか。

旅先の天気予報を見ながら、レインコートのライナーを付けたり外したり。

嵩張りにけりやや寒の旅鞄

十月二十八日（土）　【季語＝肌寒】

京都国立博物館の国宝展を見に。龍光院所蔵の耀変天目は一見に値すると思うが、私は静嘉堂文庫のものが好き。法然上人絵伝の巻物は勝雄寺への上人の列のしんがりに、谷の紅葉に見入っているような脇見の武士が描かれていたり、法話を聞く輪の中によそ見の少年がいたり、高僧の列の尾にひとり身繕い最中の雛僧が交じっていたりするのが面白かった。お茶目な絵師に違いない。

肌寒きまで天目の闇深し

十月二十九日（日）

【季語＝秋深し】

金戒光明寺で夫の十三回忌の法要。「じいじはどうして死んじゃったの」孫の無邪気な言葉に胸を突かれる。
「どうして死んじゃったの」この歳月、心の内で折々その問いかけを繰り返してきた。たぶんこれからもずっと。

少年のなぜは我が何故秋深し

十月三十日（月）　【季語＝そぞろ寒】

朝カーテンを開ける時、出かける時、帰宅した時、一杯飲む時、声をかけるのが習い性になっている。「おはよう」「オウ」「おかえり」「お疲れさん」亡き人が応えてくれるのが私には聞こえる。ごく稀に、思い余って相談することがある。必ず私に都合のよい答が返ってくる。

我にのみ聞ゆる声やそぞろ寒

十月三十一日（火）　【季語＝うそ寒】

ＮＨＫ青山文化センターで林望さんと「源氏物語を読む、語る、味わう」の六回目。今回は「若菜・上下」を読んで語る。時空を超えて千年前の京に心が飛んでゆく。あの頃の闇はもっと深かっただろう。「さりとも今しばしならむ。さかさまにゆかぬ年月よ。老いはえのがれぬわざなり」四十代の光源氏の言葉。

うそ寒やもとより暗き押小路

十一月

十一月一日（水）　【季語＝朝寒】

開成高校の俳句部と「知音」の大人たちとの合同吟行会も十回目くらいになるだろうか。今年は神代植物公園を歩いて十句。その後彼等の紅白戦を観戦、さらに場所を移して我々はビール、彼等はジュースとウーロン茶で食事をしながら、俳句論を展開。大いに刺激を受ける一日。果たして私は彼等に刺激を与え得るかどうか。

朝寒の出がけのリュックひとゆすり

十一月二日（木）

【季語＝十三夜】

開成高校との合同吟行会ののち、サプライズ参加の高橋睦郎さんを囲んで、吉祥寺の地下の中華料理を堪能。高校生の食欲、知識欲の頼もしいこと。私が短詩系文学に目覚めたのもちょうど彼等の年齢だった。五十年後も彼等が俳句とともに生きていてくれるといいな。高々と上った月を仰いで駅頭に別れた。

地下街に飲みて語りて十三夜

【季語＝露寒】

十一月三日（金）

深吉野の「天好園」に茨木和生さんに初めて連れて来ていただいた時、杉山の中に急に開けた隠れ里に来た思いがした。後藤綾子さんの呼びかけで集まった「あの会」の仲間と何度ここを訪れたことか。その思い出の宿で二十六年続いた「あの会」のおひらきの宴。松茸をふんだんに食べながら宇多喜代子さん、山本洋子さん、大石悦子さん、茨木和生さんとあの頃のように大いに語り、飲む。辻田克巳さん、岩城久治さんは残念ながら欠席。

露寒の前山に臥すとりけもの

十一月四日（土）

【季語＝夜寒】

深吉野賞のご縁で、天好園では様々な俳人たちと出会い語りあったものだ。草間時彦、三橋敏雄、上田五千石、田中裕明、かの世に旅立たれた人も多い。この地が気に入り、移り住んだ藤本安騎生さんも、いつも榛原の駅まで送り迎えしてくれた名物社長も、今はもういない。ここに来れば二人が迎えてくれるような気がしてならない。

深吉野の夜寒の宿に別れけり

十一月五日（日）

【季語＝鹿】

京都府綾部市の俳句大会で講演と句会。演題は「季語はどこから」。古事記の春秋の兄弟の争いから、『万葉集』の春秋の定めの歌、『源氏物語』、『枕草子』、『徒然草』に見る季語について語る。この季節、深吉野と綾部の山々に分け入った私は、無論、額田王の「秋山われは」に賛成！

鹿鳴くや茶粥の椀を置きたれば

十一月六日（月）

【季語＝鰯雲】

鰯雲は大空に満ちるものとして見えていた。この頃はゆるやかに静かに引いてゆくように見える。

夫の死後、淋しさと虚しさを埋めるべく多くの仕事や役目を引き受けてきた。七十代に入る来年を機に、そろそろ若手に譲るべき仕事を考えはじめたせいか。

鰯雲引きゆく地平見えてきし

十一月七日（火）

【季語＝立冬】

耳を濯ぎたくなる時、目洗いをしたくなる時、歩いて五島美術館に行く。「美の友会」のカードで、企画展も、庭も出入り自由。歳月の洗礼を経た書画や名器と向き合っていると、美の神に仕えた故人の祈りが伝わってくるようだ。

立冬の碗の宇宙に月日星

十一月八日（水）　【季語＝木の葉雨】

世田谷区の樹は欅。亭々たる大樹があちこちにある。この町の昔を知っている老樹は、これからをも見渡してゆくに違いない。私が知っているのはわずか六十年ばかり。子供の頃、二子玉川遊園地に多摩川を越えて遊びに来た。学生の頃、清崎先生のお宅の二階で、『古今集』や『源氏物語』の輪読会に通った頃は、駅前に小さなロータリーがあるばかりだった。日本初の大型ショッピングセンター玉川高島屋ができたのは大学四年の春だった。

なかぞらをきらめきわたる木の葉雨

十一月九日（木）　【季語＝冬紅葉】

紅葉の見頃がだんだん遅くなってきている。これも地球温暖化のせいか。冷気があたる梢は赤く染まっていても、中頃はまだ橙色から黄色、下枝は緑のまま。グラデーションなどと外来語で表したくはない。

一木にして段染めの冬紅葉

十一月十日（金）　【季語＝冬木】

細やかな京の紅葉に比べると、関東の楓は大柄で色も濃くない。でも、雑木黄葉はのびやかで明るくていい。この頃は晴天続きだが、日の暮れがぐんと早まった。人のこころも急かされるのか、締め切り、校正、選句を急かす電話が頻り。携帯電話にも追いかけて来る。

長高《たけ》くあれ武蔵野の大冬木

十一月十一日（土）　【季語＝銀杏散る】

横浜馬車道吟行。幕末の開港によって整備されたこの道は、ガス燈の発祥地でもある。明治初年には東京行きの日本初の乗合馬車が通ったとか。二頭立ての六人乗りで、東京までの所要時間四時間。ホテルの一階に展示されている馬車の座席は真紅のベルベット。

銀杏散る乗合馬車の鞭掠め

十一月十二日（日）　【季語＝落葉】

来年、スウェーデンとの国交150年を記念して、ストックホルムで国際俳句交流協会との交流が計画されている。六本木の国際交流会館で、前駐日スウェーデン大使のラーシュ・ヴァリエ氏と、旅程の打合せ。夏至祭のころが一番いい季節だとか。未だ見ぬ北欧の白夜を夢見て話が弾む。

二杯目の紅茶落葉の香の深き

十一月十三日（月）

沸茶器《サモワール》の新しきこそうれしけれ新らしき世のひとと語れば

【季語＝冬霧】

吉井勇が詠んだのはロシアの湯沸かし器。その名の紅茶専門店を横浜馬車道で見つけた。冷たい雨の日か、港の霧が流れてくる日に、あったかいロシアンティーを飲みに行こう。文明開化の古き時代を偲んで。

冬霧やサモアールとは茶房の名

十一月十四日（火）　【季語＝冬めく】

いよいよ冬だなぁと思う時。起き抜けにボア付き室内履きを履かねば一歩も歩けない時。電灯より先に床暖房のスイッチを押す時。蛇口からお湯が出てくるまで待つ時。箪笥からユニクロのヒートテックを引っ張り出す時。紅茶ポットカバーをありがたく思う時。

一日の始まりだけでも、随分いろんなもののおかげを被っているのだなぁ。

冬めくや紅茶ポットにフェルト着せ

十一月十五日（水）

【季語＝冬山路】

医者通いは気が滅入るものだから、ついでに寄り道をすることにしている。鍼灸院の帰りは山種美術館へ、皮膚科の帰りには根津美術館へ。近所の内科に行く時は、五島美術館へ。今日は山種美術館で川合玉堂展を見る。十代のころから造化の不思議を描いてきた画家の作品からは、渓声や風音はもとより、竹林のさざめきや、船頭の衣のはためき、山霧や時雨の音などが聞こえてくるようだ。

分け入りにけり絵の中の冬山路

十一月十六日（木）

【季語＝時雨】

「俳句マスターズ」の収録のため京都へ。世界へ日本文化を紹介するための番組なので、今回は和服を着て、色紙に一句書くという企画。その前に記すに足る句を詠まねばならない。東京でも時雨は降ったが、やはり京都のはなやかな時雨に出会いたい。夜の打ち合わせの前に、国宝展の第四期も見たい。京ならではのおいしいものも食べたい。欲張りすぎだろうか。

しぐるるや小筆加へし旅仕度

十一月十七日（金）

【季語＝狐】

早朝から嵯峨野天龍寺の塔頭、宝厳院の紅葉を賞でつつ、世界中から寄せられた英語の三行詩を選んで語る。今回のゲストは岩下尚史氏。

よぎりしは姫か狐か夕まぐれ

十一月十八日（土）　【季語＝冬ともし】

同志社大学今出川キャンパス良心館にて、番組紹介を兼ねたトーク・セッション。京都の魅力再発見、同志社大学チームのＰＨＯＴＯ　ＨＡＩＫＵ対抗戦など、盛り沢山の三時間。「知音」の西の仲間にも参加してもらう。せっかく紅葉の京都に来たのだから、もう一泊という贅沢をすることに。ＮＨＫ・ＯＢの青山さん、水津さん、当番組の成見プロデューサーと一献。二献かな？

花見小路一筋入れば冬ともし

十一月十九日（日）

【季語＝湯どうふ】

旅の終わりは南禅寺の境内で散紅葉を眺めながら湯どうふ、という計画だったが、予想以上の大混雑で断念、駅ビルから山を眺めつつ遅い昼食。心も身体も胃の腑も温もって、京都駅の大混雑を通り抜けて、新幹線で居眠り。目が覚めると夕暮れの東京。

駒下駄が響き湯どうふ運ばれ来

十一月二十日（月）　【季語＝冬将軍】

京を発つ間際、時雨雲がかかった北山からくっきりと虹が立った。いよいよ寒くなってきた。北の方では雪が降りはじめたらしい。通信販売で注文したブーツが届いた。内側にふかふかの毛皮がはってあって、何処へでも行けそう。

冬将軍虹の短刀つき立てて

十一月二十一日（火）

【季語＝神無月】

時雨にも露にもあてで寝たる夜をあやしくぬるる手枕の袖

（敦道親王）

「季語で読む古典」の講座で、今は『和泉式部日記』を読んでいる。親王の邸に迎え取られるまでの、わずか十か月の恋のゆくたては、橘の花から師走の月まで、季節の情にことよせて綴られ、詠《うた》いあげられている。中でも神無月の思い出が最も多い。共に住むことになったら、恋は終わってしまうのだ。それにしても「もののあはれ」を知る昔男はよく泣いた。今日は神無月四日。

もの書きて心ざわつく神無月

書見の目癒さむ美男蔓の実

十一月二十二日（水）　【季語＝美男蔓の実】

先週の京都ロケで訪ねた「花政」さんから、寄せ植えが届いた。脚高の鉢に、真紅の実を二つ吊った美男蔓《かずら》と小松が寄り添い、根元にはなめらかな苔が敷きつめられている。作成の様子を目のあたりにしたので、何よりの京土産となった。

月末にかけて毎日俳壇の選句をはじめ、角川全国俳句大賞、三汀賞など、選句に追われそうなので、机上の彩りはことさら嬉しい。

十一月二十三日（木）【季語＝勤労感謝の日】

招待状が届いたのは三月のこと。現代俳句協会創立七十周年記念式典、祝賀会が、帝国ホテルにて開かれる。敗戦直後の混乱期、俳句の明日を考えて、集った人々の志を思う。直ちに出席の返信を送った。七十歳を迎える団塊の世代の私たちも、俳句の明日を考えたい。

祝儀唄ひびけ勤労感謝の日

十一月二十四日（金）　【季語＝木の葉髪】

時間ができたら読みたい本が積み重なって数か月。読めないまま今年も暮れそうだ。その前に読まねばならない本が堆積している。書きたい本の計画が机上に掲げてある。その前に書かねばならない原稿が未決の抽出しに詰まっている。片付けるはしから増えてゆく。来年こそ何とかしよう。

木の葉髪読み了せざる書を積みて

十一月二十五日（土）

【季語＝枯れ】

「知音」の同人吟行会で、笛吹市境川の「山廬」を訪ねる。その名は飯田蛇笏の命名だが、母屋は江戸後期の堂々たる建物。飯田龍太の子息秀實さんのご厚意で、邸内と後山《ござん》ふた手に分かれて、総勢四十人を案内していただく。敷地内に復元された俳諧堂の瓦は、昨年「件の会」で訪れた折、私たちも句を記して寄進したので、親しさもひとしお。

果樹枯れて甲斐の山並緊《ひきしま》る

十二月二十六日（日）　【季語＝冬霞】

甲府市勝沼の白百合醸造で、工場と葡萄畑を吟行。秋の収穫期も終わり、葡萄棚は休眠期。その下でワインを楽しみながら昼食をとり、ワイナリー内で句会もさせていただく。「ワインづくりはシンプルだからこそ原料となる葡萄の良否が大切」と言う三代目当主内田多加夫さんの言葉に、俳句もシンプルだからこそ、何が大切かを考えさせられる。

冬霞裾《すそ》廻《わ》の村はまだ覚めず

十一月二十七日（月） 【季語＝着ぶくれ】

中学に入学して渋谷の町に通い始めた頃、東京オリンピックに向けてどこもかしこも工事中だった。臼の底のような駅周辺はいつも土埃が舞っていた。あれから五十数年、渋谷は目まぐるしく騒々しい街に変貌した。しかし、最も変わったのは私だ。重たいカバンを提げて、息を弾ませて坂を登っていたセーラー服の女子高生が、今や着膨れて息を切らして七十路の坂にさしかかっているのだから。

幸せを装ふほどに着ぶくれぬ

十一月二十八日（火）

【季語＝皸】

先月までは吟行の荷に虫除けスプレーが欠かせなかったが、この頃はハンドクリームが必須。句帳を開いて書き留める時、指先の荒れに気づくのだ。この頃の急な冷え込みに、ホカロンや手袋もリュックに入れて行く。今日は鎌倉海蔵寺吟行。

皸の指もて書けば句が荒む

十一月二十九日（水） 【季語＝翁の忌】

「どの道も趣味で楽しんでる人の一割が道楽になり、道楽の一割が極道になるんや。極道やったってプロになれるんは、その一割やなぁ」

四半世紀前に大阪の木割大雄さんから聞いた言葉。時々思い出す。今日は陰暦十月十二日。

趣味道楽極道を経て翁の忌

十一月三十日（木）

【季語＝山眠る】

横浜の実家のリビングの窓から、富士山がよく見えた。冬至が近くなるにつれて入り日が南の箱根連山へ移り、お彼岸には丁度富士山にかかるのを、母とよく眺めたものだった。今の家からは見えないが、駅のホームや車窓から富士が見えると、一日の幸先を約束されるようだ。冬晴れの日が続き、最近そんな日が多くなった。

山眠る葡萄酒色に襞たたみ

十二月

十二月一日（金）

【季語＝裸木】

渋谷文化村ル・シネマで「ロダン　カミーユと永遠のアトリエ」を見た。二人の芸術家の相剋は様々に描かれているが、以前見た「カミーユ・クローデル」のラストシーンが忘れられない。精神を病んだカミーユが病院へ運ばれる時「青春のすべてを捧げて、得たのは絶望と虚無」と呟いた。数年前パリのロダン美術館を訪れた時、カミーユの作品の一室があるのを知って、彼女の魂は救われたと思った。

裸木や虚飾葛藤削ぎ捨てて

十二月二日（土）

【季語＝冬帽子】

ファーブルの『昆虫記』全十巻二十冊を完訳した奥本大三郎さんが、今年の菊池寛賞を受賞された。「文学と科学の幸福な調和である十九世紀博物学の不朽の名著を、三十年の月日をかけ見事な日本語に移し替えた」（授賞推薦文より）。スカラベ句会の仲間として、昨夜の贈呈式に招かれた。

霽《はれ》も褻《け》も黒ファーブルの冬帽子

十二月三日（日）

【季語＝大掃除】

スカラベ句会の今日の兼題は「大掃除」と「冬眠」。歳時記に「煤掃」はあるものの、「大掃除」の語は見当らない。現代は煤より塵、埃と思うが……。まだ大掃除もしていないが、句は山ほど作った。人間も冬眠できたらいいだろうと思うが、冬眠仕度も楽じゃないと思う。おなかは空かないのだろうか。そんなことを考えているばかりで、冬眠の句はまだ一句もできない。電車の中で考えよう。

大掃除ひとりの塵もあなどれず

十二月四日（月）　【季語＝冬の水】

慶應義塾三田キャンパス北館ホールで、「近松門左衛門の世界」と題して、俳優の清水紘治さんに「曾根崎心中」の朗読をしていただく。声で味わう日本文学を大切にしている知音俳句会の主催。ゲストに宇多喜代子さんをお迎えして、夜は親睦会。

「此の世のなごり夜もなごり。死にに行く身をたとふれば、あだしが原の道の霜。一足づつに消えて行く、夢の夢こそあはれなれ」定型詩に通う名文は声にしてこそ美しい。

冬の水気配殺して人棲める

十二月五日（火）

【季語＝冬ざるる】

長年愛用してきた京都の「平安酵素」の化粧品が、主《あるじ》の逝去によって店を畳んでしまった。買い溜めしていたものも底をつき、かわりの化粧品を探している。日に日に空気が乾燥してきて、鏡の中の私の肌も冬ざれ状態。翌年の干支を描いた絵馬の形の化粧石鹼も送られてこなくなった。しきたりが絶えることは淋しい。

冬ざるる木肌岩肌苔の肌

十二月六日（水）

【季語＝山茶花】

人が通れるほどの幅はない山茶花垣の下に、真新しい花びらがまるで足跡のように一列に散っていた。人間が夜歩きをしなくなる季節には、けものやもののけたちが出歩くのだろう。いつしか虫の音も絶えて、夜が静かな季節になった。やがて落葉の音も消えるだろう。

山茶花や昨夜《よべ》もののけの通りけむ

十二月七日（木）

【季語＝冬眠】

「百骸九竅のうちに物あり。かりに名づけて風羅坊といふ」笈の小文の言葉を使ってみたかった。選句稿が堆積して、机上が片づくことがない。ああ、冬眠できたらなあ。

九竅のふたつふたつがず冬眠す

十二月八日（金）　【季語＝おでん】

寒くなるとよくおでんを作った。息子たちの食欲旺盛だった頃は、控えの鍋にも作った。NHKラジオの明日の「文芸選評」の題は「おでん」。およそ千五百句のおでんの中から十五句を生放送。選句をして気づいたのだが、コンビニのおでんが日常に定着していること。一人暮らしの息子も買っているのだろうか。選をしているうちに、おいしいおでん屋に行きたくなった。

をのこ等にでんと据ゑたりおでん鍋

十二月九日（土）　【季語＝漱石忌】

漱石山房には弟子たちが集まる日が決められていたそうだ。師弟の時間は、失われてみると至福の時だったと知る。清崎先生に三十三年間師事したが、関西に移り住んでからは句会で直接指導を受けることが叶わなくなった。そのかわり、何度か先生のお宅を訪ねて、一人で話を伺ったことがある。句集出版の折など、俳句人生の節目だったと思う。私の問いに対する先生の答は時に私の想像を超えるものだった。その言葉が今も心に響いている。

漱石忌対座の時の戻らざる

十二月十日（日）

【季語＝冬柳】

学校俳句交流会で講演のため江東区立八名川小学校へ。小学校の先生方に「俳句の力とは」というテーマで話をする。テーマを与えられて改めて考えてみる。日曜日に研究会を開く先生方に感服。

夜は街の余光まとひて冬柳

十二月十一日（月）

【季語＝霜晴】

俳句ユネスコ無形文化遺産登録推進協議会のため、俳句文学館へ。俳句は片隅の文学だと思っているが、欧米文学の影響を受けること少なく続いている日本独自の文学として、改めて見直すことも意義あると思う。季語の源を辿ってゆくと、その思いが強くなる。帰途、先日来の願い叶って神田のおでん屋へ、同好の志と。

霜晴や一歩踏み出す音確か

十二月十二日（火）

【季語＝暖鳥】

「寒夜に鷹、鳥を捕りて、生きながら足をあたためて、明くれば放つなり」（『温故日録』）

こんな寒い夜は鷹も脚が冷えて眠れないのだろう。一晩中押さえつけられていた小鳥は生きた心地がしなかっただろうなぁ。私には布団乾燥機があってよかった。

暖《ぬくめ》鳥《どり》放たねば今日始まらず

十二月十三日（水）　【季語＝マスク】

かけるだけで病人になったような気分になるので、マスクは嫌い。だが、予防注射のため待合室で待つだけで、風邪がうつりそう。新幹線の中でも頻りに咳や嚔が聞こえてくる。句会最中のあたり憚らぬ咳や嚔もマナー違反ではないだろうか。

好き嫌ひ言うてはをれぬマスクかな

十二月十四日（木）　【季語＝冷たし】

血液検査の結果を聞きに。中性脂肪は減ったけど、コレステロール値は依然高い。薬で下げる必要はないが運動が必要、と若い医師から言い渡される。帰途、五島美術館に寄る。館蔵品の茶道具はいつ見ても素晴らしい。中でも青磁鳳凰耳花生は、はっとするほど艶めかしかった。庭に出たが寒いので、早々に帰宅。やっぱり運動不足だ。

裸身めき光冷たき青磁壺

【季語＝極月】

十二月十五日（金）

サントリーホールで今年最後のN響定期演奏会。細川俊夫の「嘆き」はメロディーや音いろを否定し、楽器を単なる音を発する器とみなしているようで、ついてゆけなかった。三曲目のメンデルスゾーンの「スコットランド」がひときわ甘美に響いた。シャルル・デュトワが閉じた楽譜がライトを浴びて舞台に残る。コンサートの余韻を楽しみながら、東京の夜景に乾杯。

極月の楽譜閉ぢたる譜面台

十二月十六日（土）

【季語＝歳晩】

駅を出ると時雨。仄かに雪も混じっている。西の仲間と納め句座。夜は東から参加した数人と、あったかいおいしいもんを食べに。京都は何度来ても奥が深い。夜更けは山から底冷えが忍び寄る。

歳晩の京に隠れ家奥座敷

【季語＝人参】

十二月十七日（日）

錦天満宮に詣でて、錦小路を吟行。行くほどに人が増え、底冷えが増す。福茶用の昆布を買い、黒豆茶を買い、千枚漬けを買い、生麩を買い、高倉通りに出る頃は荷物も増す。店先の棒鱈や海老芋や金時人参、慈姑などを見ると、京都の正月が近いことを実感。

人参真つ赤錦小路の角店の

十二月十八日（月）

【季語＝寒気】

新幹線はじめての重大インシデント、という言葉を先日来耳にするが、アクシデントになったかもしれない前段階をいうのだそうだ。日本語で言うなら、「ひやりはっと」と或る人が解説してくれた。なるほど。今日はそんなことがありませんように。京都は晴れていたのに、関ヶ原あたりは今日も雪。「天気分け目の関ヶ原」これも以前或る人が言っていた。

旅衣京の寒気の骨に沁み

十二月十九日（火）

【季語＝綿虫】

東京の冬は青空の日が多いが、最低気温は連日摂氏一度から三度。最高気温もひとけたの予想が続く。水の氷点と沸点を定点とした温度目盛を提唱したスウェーデンの物理学者セルシウスの名を、中国で「摂爾修斯」と表記したことから、摂氏と書くのだとか。ちなみに華氏は、ドイツの物理学者ファーレンハイトの中国表記「華倫海」に由来しているのだそう。華氏を摂氏に換算する術が知りたい。

綿虫や今朝の大気を探りつつ

十二月二十日（水）　【季語＝社会鍋】

午前中渋谷でひと仕事、夜は交詢社で句会。その間鳩居堂でお年玉袋を買い、デパートを巡り、並木通りの靴屋にも寄り、おつりを社会鍋に投じる。今年は新装成ったギンザ・シックスの前に救世軍が出ていた。

銅貨より銀貨高鳴る社会鍋

【季語＝枯葉】

十二月二十一日（木）

ダスキンの若者が来て風呂場とキッチンを丁寧に掃除してくれる。換気扇まで分解してきれいにしてくれるのは有難い。その間、私は書斎に煤逃げ。この部屋も大掃除しなければならないが、その前に大整理をしなくては。テレビでスーパー主婦が「だわへし」を提唱していた。「出す・分ける・減らす・仕舞う」の略語に感心したが、年内にその時間を作ること自体、無理。来年はやってみよう。

午後よりは枯葉掃く音つまらなさう

十二月二十二日（金）

【季語＝冬至】

いせフィルムの伊勢真一監督から忘年会のお誘い。今週は句会の忘年会が続くが、俳句以外の世界の年忘れは楽しそう。いちばん昼が短い日は、夜がいちばん長い。渋谷は若者で溢れている。

日の暮れて街活気づく冬至かな

十二月二十三日（土）　【季語＝聖夜】

王子の「北とぴあ」で、今年最後の同人句会。句会の後、幹事さん達と忘年会を兼ねた打ち合わせ。来年のスケジュールと、兼題と、旅行の日取りが決まる。今上天皇のご退位の日が決まり、今日が天皇誕生日であることも、来年限りとなる。

聖夜待つ予報の雨の雪になれ

十二月二十四日（日）

【季語＝ホットワイン】

「小鍋にグラニュー糖と水を煮つめ、鍋のふちがキャラメル色に変わったら、新酒アジロンを一気に加える。解けた砂糖が急に冷やされて氷のように浮きあがったら大成功‼」先月訪ねたロリアンワインの内田夫人手書きのレシピに従って、ホットワインを楽しむ。

夜は深しホットワインの酔速し

十二月二十五日（月）

【季語＝年忘】

「俳句マスターズ」の仕事仲間達と忘年会。プレゼント交換のための品を選びつつ思い至った。ひょっとして私がいちばん年上？　世の中、若い人々の力で動いているのだ。俳句の世界に浸っていると、いつまでも若いような錯覚に陥るから怖い。

見まはして最年長われ年忘

十二月二十六日（火）

【季語＝納め句座】

鎌倉の吟行句会「窓の会」の今年最後は長谷寺。数人で始めた頃は子育て最中の仲間で俳句を愛する同志と信じていたが、一人に去られ、一人にそむかれ、一人は俳句を止め、一人は消息も絶え、三十五年経った今、私だけが残った。その後、五十人の新たな仲間を得、この会は来年も続くことだろう。何かを続けるということは、覚悟と信念と愛情が不可欠とつくづく思う。

草創を知るは我のみ納め句座

十二月二十七日（水）　【季語＝数へ日】

麻布十番の「知音」事務所の大家さんが建て替えをすることになり、一時期移転しなければならなくなった。先週行方克巳さん、高橋桃衣さん、栃尾智子さん達と、ワンルーム物件を見て回った。恵比寿、五反田、新橋と歩くうち、どの駅にも縁と思い出があることに気づいた。仮の事務所は恵比寿に決めた。この街にもまた新たな愛着と思い出が生まれそう。

数へ日の一隅賃借契約書

十二月二十八日（木）

【季語＝冬の夜】

仕事の合い間にＣＤを聴いたり、テレビを見たりする時、夜、本を読む時、夫の遺愛の黒皮の揺り椅子が心地よい。今や私の方が長く愛用している。孫たちは、やって来るたび二人並んでリクライニングを調節したり、揺らしたり、遊具と思い込んでいるようだ。

ふと口をついて出来た句だが、呟いてみるとラ行の連なりの効果か、身心ともにリラックスできる。眠たくなる。

揺り椅子に眠り誘はれ冬の夜

十二月二十九日（金）　【季語＝熱燗】

次男が今年限りで企業を退社、新事業を起すと言う。仕事のことはよくわからないが、私に出来ることは、祈ることと励ますことくらいか。たとえ私が心配しても反対しても、やりたいと思う勢いは止められない。紛れもなく私の血を継いでいる。長男も呼んで次男一家と二子玉川で夕食会。

存分に語れよ燗を熱うせよ

十二月三十日（土）　【季語＝注連飾る】

昨夜から長男が泊まって、年越しの買い物を手伝ってくれる。門松や注連飾りを設えるのも長男のつとめ。おせち作りは明日、次男夫婦が手伝ってくれる。こういうことが年々増えて行くのだろうなあ。

長男に頼む彼《あれ》是《これ》注連飾る

十二月三十一日（日）　【季語＝年の夜】

賑やかな孫たちが帰り、大晦日の静けさがやって来る。六十代最後の年が暮れてゆく。

年暮れてわがよふけゆく風の音《おと》に心のうちのすさまじきかな

『紫式部日記』、寛弘五（一〇〇八）年師走二十九日。

年の夜の風の音にぞ死者亡者

【あとがき】

平成二十九年（二〇一七）一月一日から十二月三十一日まで、ふらんす堂のホームページで「俳句日記」として、一日一句と短文を掲載し続けた。五十余年の俳句人生で初めての試みだった。

この一年ほど季節の移りゆきをこまやかに感じたことはなかった。日々異なる季語を詠むことで、これほど日常を襞深く過したこともなかった。六十代最後の年の何よりの記念になった。

一週間分一気に送って余裕のある時も、一日一日刻みつけるように追われた日々も、海外から時差を気にしつつラインで送信した夜も、山岡有以子さんがすぐさまPDFなるものに仕上げて返信してくれた。可愛いスタンプで励ましてくれた。お蔭でラインを楽しめるようになった。移動中スマホのメモに入れておいた句文を、そのまま原稿として送信することもできるようになった。これは私にとっては画期的なことだ。

題名は七月七日の句からとった。この一冊を手にした日付から読んでいただいてもいいし、飛ばし読み、あと戻り、拾い読み自由。日記とは言え日録ではないので、書きながらも思いは時空を超えて千年の昔へ飛んだこともあり、遥か彼方の光景を思って詠んだ句もある。一ページの扉から、心の奥底や追憶や将来の夢へ旅立っていただけたら嬉しい。

三百六十五日つき合ってくださり、本作りに力を貸してくださったふらんす堂の皆様に深く感謝したい。又、折々に拝借した俳句や短歌や詩の作者の方々に、この場を借りてお礼申し上げる。

私の七冊目のちょっと風変わりな、いとしい句集となった。

平成三十年三月十九日　古希を迎える日

西村和子

著者略歴

西村和子（にしむら・かずこ）

昭和23年　横浜生まれ。
昭和41年　「慶大俳句」に入会、清崎敏郎に師事。
昭和45年　慶應義塾大学文学部国文科卒業。
昭和56年　「若葉」同人。
平成8年　行方克巳と「知音」創刊、代表。

句集『夏帽子』（俳人協会新人賞）『窓』『かりそめならず』『心音』（俳人協会賞）『鎮魂《たましずめ》』『椅子ひとつ』（小野市詩歌文学賞・俳句四季大賞）。

著作『虚子の京都』（俳人協会評論賞）『添削で俳句入門』『季語で読む源氏物語』『季語で読む枕草子』『季語で読む徒然草』『俳句のすすめ――若き母たちへ――』『気がつけば俳句』『ＮＨＫ俳句・子どもを詠う』『シリーズ自句自解Ⅰベスト100西村和子』『清崎敏郎の百句』『愉しきかな、俳句』ほか。

毎日俳壇選者。俳人協会理事。国際俳句交流協会理事。

自由切符 jiyuukippu

西村和子 Kazuko Nishimura

二〇一八年五月三〇日刊行
発行人—山岡喜美子
発行所—ふらんす堂
〒182-0002 東京都調布市仙川町1-15-38-2F
tel 03-3326-9061 fax 03-3326-6919
url www.furansudo.com email info@furansudo.com
装丁—和　兎
印刷—日本ハイコム㈱
製本—㈱新広社
定価—二二〇〇円+税
ISBN978-4-7814-1049-4 C0092 ¥2200E